離婚を切り出したら冷徹警視正が過保護な旦那様に豹変し、愛しいベビーを授かりました

m a r m a l a d e b u n k o

桜井響華

marmalade bunko

マーマレード文庫

目次

離婚を切り出したら冷徹警視正が過保護な旦那様に豹変し、愛しいベビーを授かりました

離婚を切り出したら冷徹警視正が
過保護な旦那様に豹変し、愛しいベビーを授かりました

プロローグ

九月吉日、私達を祝福するかのように暖かく晴れ晴れとしている天候の中、人前式が執り行われる。

私はこの日を心待ちにしていた。

大好きな澄晴《すばる》さんとの結婚を皆に証明してもらえることが、何よりも嬉しい。

エンゲージカバーセレモニー。

結婚式の指輪交換の後に新郎から新婦に婚約指輪を渡す儀式のことだ。

夫になる澄晴さんから、プロポーズの時にもらった指輪を皆に自慢したい。

そんな思いから人前式の指輪交換の後に組み込んでもらった。

リングピローも婚約指輪と結婚指輪の合計三個の指輪が置けるようにと、この日のために自分で試行錯誤しながらハンドメイドで作成。

もう数年前になるけれど、貴方に一目惚れをしてからずっと恋焦がれている。

貴方がお見合いに現れるなんて思いもよらなかった。

私は貴方の妻になれることが、とても幸せ。

「では、皆様、ご覧下さい。二人が誓った永遠の愛に封をするという意味合いを込めてのお披露目です」

私達はゲストに向けて、左手の薬指を披露する。

窓から光が差し込み、煌びやかにダイヤモンドが輝く。

私はこの時、彼とならば幸せになれると信じていた。

誓いのキスも緊張していたので、一瞬のうちに唇が触れたかと思っていたのだが、実際は寸止めされていたことが後々に発覚する。婚約指輪と結婚指輪を重ね付けして、愛を信じていた私が可哀想に思えてくる。

新婚生活が始まれば、余所余所しい他人行儀な関係が終わると思っていた。

だが、しかし、そんなことは私の妄想だった。

実際の生活は幸せな新婚生活とは違っていたから——

一、一目惚れした彼とのお見合い

四月初旬、都内では桜の見頃が終了。花びらが散り、青々とした新緑が芽生え始める時期である。

今年の二月に二十六歳になったばかりの私、和倉愛茉《わくらえま》はガーデニングを趣味としている。よく晴れた暖かい日に自宅の庭で花の種を植えていた。

絶対に肌を焼きたくない一心で日焼け止めをたっぷりと塗り、つばの広い帽子を被ってアームカバーを装着しながらの作業だ。

お付き合いしている彼氏も居なければ、浮いた話も一切ない。本当ならば、ガーデニングよりも結婚相手を見つけるために積極的に出かければいいものの、合コンなどの誘いを受けても気分が乗らずに参加しない。

それに私には、一途に思い続けている人が居る。その人とは結ばれないかもしれないが、もう少しだけ想いを寄せていたいの。

「よし、種を植えよう」

私は独り言を呟き、店舗にて一目惚れしたブリキの素材でできている楕円形の鉢植えに二種類の種を植える。

「愛茉ー、ちょっと来てくれない？」

「はぁい、今行きます！」

種の上に土を被せていたところ、母からリビングに来るようにと窓越しに言われた。

仕方なく作業を中断し、そそくさと部屋の中に入りリビングへと向かう。

「愛茉、お父様が折り入って話があるそうよ」

母はドリップコーヒーにお湯を注ぎながら、キッチンから私に向かって話しかける。

帽子を脱ぎ、アームカバーを外して洗面所で手洗いをした後にリビングに顔を出す。

すると父が新聞を広げながらソファーに腰掛けていた。

私が父の正面に座ると、父はそっと新聞を折り畳んでテーブルに置く。

「お話とは何ですか？」

私は恐る恐る父に訊ねる。

父は警察庁に籍を置き、現在は警視庁に出向中。役職は警視総監にまで上り詰めた存在である。

家の中でも威厳を放ち、年齢を重ねる毎に知らず知らずのうちに必要外の会話をしなくなっていた。

「単刀直入に言うが、愛茉にいい縁談の話がある。相手は警察庁のキャリアだ。現在は出向に来ていて、捜査二課本部長を務めている」

「え……?」

突然の縁談の話に戸惑う。

警察庁のキャリアだとしたら想像するからに年の離れたおじさん? 十も二十も年齢が離れているとしたら、話も嚙み合わないだろうし、父が推している人ならば堅物そうで私には耐えられない。

未婚の上、お付き合いしている方も居ない現状だが、歳の離れたおじさんはあまりにも酷過ぎるだろう。

「大丈夫よ、愛茉が想像しているおじさんじゃないわよ。愛茉も、きっと気に入るから」

母がクスクスと笑いながら、父にはコーヒー、私には紅茶の入ったソーサー付きのカップを差し出した。

母には私の顔が嫌悪感丸出しに見えたらしく、考えていることがお見通しだと言われた。普段あまり笑わない父も、それを聞いた直後は控えめながら笑っていた。父は穏やかな顔でコーヒーカップに口を付ける。

そんな二人の態度から、私は思い描いていた堅物そうなおじさんの存在を頭の中から追いやった。父は手に持っていたコーヒーカップをソーサーの上に静かに置くと口を開く。

「仕事帰りや休日に時々、訪ねてくる青年が居るだろう」

「はい、お父様の部下の方ですね」

その方がどうしたと言うのだろう？　父がこれから話すことの予測もせずに、私は呑気に紅茶を飲もうとした。母の淹れてくれたダージリンの紅茶の香りを楽しみながら、一口だけ飲む。

「彼は明城《あけしろ》澄晴といって、現在は私の部下の位置に就いているが実際は警察庁のキャリアだ。愛茉よりも多少、年齢は上になるが真面目で誠実。会うだけでも会ってみないか？」

「え？」

父から思いもよらないその名を聞かされて、私はティーカップを手元から離しそうになる。驚き過ぎて、言葉が出てこない。

「愛茉にとって悪くない話だと思うのだが……」

私の反応を見つつ、父は後押しをしてくる。

驚いた理由は、父が選んだお見合い相手は何と私が一目惚れをした相手だったのだ。

お見合い相手が彼だと知ると、みるみるうちに気持ちが舞い上がってしまい、落ち着かなくなる。次第に彼のことを思い出し、顔が綻び始めた。

＊＊＊

彼に一目惚れをしたのは、雲一つない快晴の日。

連日の猛暑で、休日は午前中に買い物に行くと決めていた。

スーパーに自転車で買い物に行く途中に、一人で泣いている三歳くらいの小さな女の子を見つける。女の子は肩から提げたポシェットを手で握りしめて泣いていた。

『ママかパパは？　どこから来たのかな？』と訪ねても泣いてばかりで返答がない。

気温が上がり始め、女の子が熱中症になってしまう恐れも出てきた。

困り果てた私は自転車を引きながら、近くの交番に助けを求めるために立ち寄る。

「すみません、迷子みたいなんですが……」

私は交番の扉を開け、声をかけた。

「こんにちは。ここまで連れてきてくれてありがとうございます」

扉を開けると若い男性の警察官が居て、すぐに駆け寄ってくれる。自分好みの爽やかで整った顔の男性の登場に、私の心は一瞬で鷲掴みにされた。

「保護した場所や時間などを教えて下さると助かるのですが……」

「はい、大丈夫ですよ」

彼は申し訳なさそうに私に事情聴取をしてきた。私は先ほどの出来事や時間を伝える。

この時に交番勤務をしていたのが彼で、迷子の対応を優しくしている姿が印象に残っていた。

女の子が泣き止まずに困っていた時に『お兄さんの名前は、あけしろすばるです。警察官です。貴方のお名前を教えてくれるかな？』と不安を少なくするために自分の名前を名乗ってから対応していた。優しく対応する姿にも胸を打たれ、ドキドキが加速していく。

そこで彼の名前を聞いてからずっと、忘れられずに覚えていたのだ。

女の子は泣き止んだものの、交番の中に入ってからも私の洋服の裾をずっと掴んでいたので、帰るに帰れなかった。

「お兄さんのところにおいで。一緒にママを探そう」

彼が女の子に話しかけても、『やだ』と首を横に振るだけで名前以外は何も話してくれない。

「私、この子のお迎えが来るまで一緒に居ます」

「え？　いいんですか？」

女の子から何とか情報を聞き出し、女の子が持っていたポシェットの中に住所とママの電話番号が書いてある紙を発見する。

彼に電話をかけてもらうと、すぐにママに繋がり、無事に迎えに来てくれた。

ママと女の子の妹と三人で公園に来ていたらしいのだが、ママが妹に気を取られていた隙に居なくなってしまったそう。電話をもらったママは顔色が真っ青になりながら、慌てふためいた様子で女の子を迎えに来た。ママは私達に深々とお辞儀をして、泣きそうになりながらもお礼を伝えてくれる。その後、女の子にも笑顔が戻り、にこにこ顔で帰っていった。

「今日はありがとうございました」

「いえ、少しでもお役に立てたならよかったです」

帰り際、私に向かってお礼を言いながら敬礼をしてくれた。

私の胸は高鳴り続け、別れが惜しいとさえ感じる。

こんな素敵な方が彼氏だったらいいのになぁ。

彼女が羨ましいな、と思いながら交番を出る。

交番勤務の彼は整った綺麗な顔立ちをしながらも、まだ幼さの残っているような無邪気な微笑みを浮かべていた。

まるで初恋をした日のように、彼が色濃く脳裏に焼き付いて離れない。その日からずっと彼に恋焦がれている。

＊＊＊

自宅に彼が初めて来た時、父が母に明城さんを紹介していたのが聞こえた。その時に聞いた名前が、私が一目惚れをした彼と同じだったことに気付いて驚く。

父がお世話をしていた部下の元に配属になった明城さんに私も自己紹介をしたが、彼は全くの初対面だと思っている様子で『初めまして』と挨拶をされた。

私は交番で出会った時のことを鮮明に覚えているけれど、明城さんにとっては勤務中の一コマに過ぎないので仕方がないとも思う。

交番勤務の時は幼さの残る少年のような顔つきをしていたが、再会した彼は凛々しさがある大人の男性の顔つきをしていた。以前よりも素敵になった彼に一瞬で心を奪われ、名前を聞いた時にあの時の彼なのだと知り、想いが再熱して現在に至る。

「明城さんがよろしければ是非お会いしたいです」

彼は何度か実家にも顔を出しに来ているので、私達は知らない仲ではない。

しかし、彼はいつも父の部下と一緒に父を訪ねてきて、父の書斎に行き、話をしていたりするので二人きりでは会話をしたことはなく、いわゆる顔見知りの挨拶程度の間柄。

明城さんを初めとする父の部下の中で、お見合いの話をされたのは初めて。父は部下達を自宅に招いても、家族の前では彼らについての折り入った話はすることはなかった。だが、知らず知らずのうちにお見合い相手を探していたのかもしれない。

私は彼に会える度に想いを募らせていたことから、父からのお見合いの話をすぐさま受け入れることにした。ずっとずっと話がしてみたかったので願いが叶うことが嬉しい。

「愛茉は明城さんのことがやっぱり気になっていたのね。明城さんが来る度に目で追っていたものね」

母が私の視線に気付いていたと分かり、顔がみるみるうちに赤く染まっていく。

「明城さんはお若いのに落ち着きがあって、顔も格好いいしスタイルもいいし、エリートだなんて最高じゃない！」

私が言葉を失っている間に、まるで母自身がお見合いするかのように一人で盛り上がって話をしている。

母が明城さんへの想いを語った後に、「全く……」と言いながらも父は彼の経歴を教えてくれた。

彼は成績優秀で、一流大学法学部を卒業、国家試験総合職に合格し警察庁に入庁。エリート街道まっしぐらで誠実で気遣いのできる性格。

現在は三十三歳になり警視正の位につき、捜査二課本部長に就任した。

私が彼に交番で出会った日は研修期間だったのだろう。そんな彼のことを父も推している。

エリート警察官ながらの文武両道、更には容姿端麗で紳士的なところを母もえらく気に入っているようだ。

「明城もそろそろ身を固めたらどうか？　と訊ねた時に、たまたま愛茉の話題を出したら満更でもなかった。愛茉も乗り気ならば縁談を勧めることとしよう」

父はそう言い残してリビングを後にした。母は明城さんに会う前に美容室に行くとか、お店の段取りもしなくてはいけないとか、私よりもはしゃいでいる。

お見合いの話を聞かされたばかりなので、実感はまだ湧いてこないが、明城さんとお会いできると思うと少しずつ胸が高鳴っていく。


縁談を持ちかけられた日から一ヶ月が経過した五月初旬。風が少し吹いているが暖かい春の日、お見合いは予定通りの日時に執り行われた。

お見合いのために行きつけの老舗の割烹料理店を予約してあった。お祝いごとがある度に小さな頃から通っているので慣れ親しんでいる店だが、つい最近に板長が親から子へと引き継がれたらしい。

予約した美容院に朝早くから着付けとメイクをしに行きながらも、心の中はそわそわとして落ち着かなかった。

私はどちらかと言えば、年齢よりも若く見られがちだった。元々目が丸く、鼻もそんなに高くなく童顔なせいかもしれない。弄り過ぎると派手になってしまうため、普段からナチュラルメイクに留めている。今日はプロにメイクをしてもらえたので、大人っぽく仕上がっているはずだ。

髪型も普段は毛先をヘアアイロンで巻いてアレンジしてからハーフアップや一つ縛りにしてみるのが好き。ふわふわなカールが好きなので、毛先を遊ばせてアレンジしてしまうことが童顔を引き立ててしまっているのかもしれない。しかし、気に入っているので、これはやめたくない。

今日は薄緑色の生地に小花が散りばめられている柄の着物に合う、大人っぽいまとめ髪にしてもらった。外見が少しでも釣り合っていれば嬉しいけれど……。

緊張している中でも粗相をしないように振る舞う。こんな時、テーブルマナーなどのしつけに厳しかった両親がありがたいと思う。

お見合いまでの期間は自分自身が精一杯、綺麗に見えるように努力してきた。顔見知りではあっても、実際に会話をしたりするのは初めてなので印象はよくしたい。

「平凡な家に生まれた澄晴が警察庁のキャリアだなんて、今も信じられないです。そして、警視総監の娘さんとお見合いだなんて……。初めは恐れ多く感じていたのですが、澄晴の幸せを願うならば、ご縁をいただきましたことを嬉しく思います」

明城さんのお母様は柔らかい微笑みを浮かべ、私達に穏やかに話しかける。明城さんの綺麗な顔立ちは母親譲りで、特に目元がよく似ていた。

明城さんのご両親は二人共に温厚そうな感じで、精密機器の特許取得済みの電子部品を製造している会社を営んでいるそうだ。現在は明城さんのお兄様も一緒に働いていて、ゆくゆくは事業そのものと経営を任せるとのこと。

「こちらこそ、澄晴さんのような優秀で人間性も素晴らしい方とのご縁を感謝致します。不束者の娘ですが、どうぞよろしくお願い致します」

母は会話を重ねていくうちに明城さん本人だけではなく、明城さん一家が気に入ったようで、自分から沢山話しかけていた。

「澄晴さんは文武両道だと伺ってますけど、うちの娘も父親の影響で柔道・護身術にも長けていて……」

母は澄晴さんの話題にかこつけて、私のことを言おうとしていた。

「え？ あ、……明城さんは主席で卒業したと聞いております。やはり、幼い頃から文学にも励んでいたのですか？」

私は自分のことは話してほしくないので、話をすり替えた。母が全てを話す前に、間に合ってよかったと胸を撫で下ろす。すり替えたことによって、私の話題から違う方向へと転換した。

次第に父は父親同士、母は母親同士で会話を重ねるようになり、明城さんと私はポツンと取り残されたかのように座っていた。

懐石料理ではあるが、ローテーブルに正座ではなく、高さがあるテーブルに椅子のスタイル。正座ではないので幾分、足腰は楽ではあるが、目の前に明城さんが居るので緊張して料理も喉を通らない。

自宅に来ても遠目から見るだけだったが、実際にお会いするとより一層、一つ一つのパーツが整った均整の取れた顔立ちをしている。私は憧れの明城さんと間近で会えただけでも幸せだった。

「……和倉さんのご自宅の庭は丁寧に手入れされてますが、愛茉さんがしていると伺いました。ガーデニングがお好きなんですか？」

「は、はい！　春になったので少しずつ整備しています。えと、……明城さんは趣味はありますか？」

明城さんから話しかけられて、しどろもどろになりながら答える。初めて愛茉さんと呼ばれて舞い上がってしまう私に対して、明城さんは平然とした顔で食事を楽しんでいる。

「趣味ですか？　そうですね、これといって趣味と言えるものはないですが……、強いて言うならばドライブは好きですよ」

「ドライブいいですね。私は運転免許もないので羨ましいです」

見た目のイメージだけれど、明城さんの運転は上手そうだなぁ。いつの日か、助手席に乗せてもらいドライブに行ってみたい。

「連休がある時は初日に遠出したりして、一人で温泉に入りに行ったり、海を眺めてきたりしますね。翌日は自宅でまったりと過ごします。普段は気も張っていて疲れが取れないので、休みの日はのんびりと過ごすことを心がけています」

父も休みの日は自宅で過ごすことが多い。子供の頃に一緒に出かける時は、連休の初日か前半が多かった。普段から頭脳と体力の両方を使う仕事をしているので、休みの日は肩の荷を下ろして癒やされたいのだろう。

明城さんと一緒に海や温泉に行ける日があるとしたら、オシャレをして沢山楽しみたい。そして、明城さんの邪魔にならないようにそっと寄り添いたい。

「私にも二つ上の兄が居ますが、愛茉さんにもお兄さんがいらっしゃるのですよね。海外勤務の外交官だそうで」

「はい、三歳上の兄が居ます。語学の勉強も好きだったみたいで、社交的な兄には天職だと父は言っています」

「愛茉さんのお兄さんにも是非お会いしたいです」

お互いに兄が居るので共通の話題があってよかったと思ったのも束の間、話題が途切れてしまった。もっと話を膨らませることができれば途切れずに済んだのに。

「そうだ。せっかくですから庭園に出てみませんか？　藤の花が咲いていると聞いたのですが……」

明城さんが思い出したように言った。料亭には窓から眺められる広々とした庭園があり、都会にいることを忘れてしまいそうだ。立派な庭園を見るため、私達は互いの両親に庭園に出ることを告げてから店の外へと向かう。

専属の庭師によって手入れされた庭園は、松を始めとする樹木の下に季節を感じられる草花が植えられていた。

私達は飛び石の上を歩き、庭園の奥へと入っていく。そこには、先々代の頃から大切に育てられている藤の花がとても立派に咲き誇っていた。

「わぁ、とても綺麗ですね」

私は藤の花を見た瞬間に歓声を上げる。大人になってから藤の花のよさが分かった。薄紫の優しい趣がとても綺麗。子供の頃に初めて藤の花を見た時は、まるで葡萄みたいだと兄とはしゃいでいた。

「藤の花を間近で見る機会がなかなかないので、こんなに綺麗な花だとは思いませんでした。椅子があるので座りましょうか？」

私達は頭上に藤の花が咲いている場所にある長椅子に座る。

明城さんと藤の花のコラボレーションに心が躍る。明城さんの黒髪が太陽に照らされて、少しだけ茶色がかった髪色に見えた。

形のいい二重の瞳、筋の通っている鼻、薄い唇、全体的に均整が取れている顔立ちが咲き誇っている薄紫の藤の花と調和している。

スラリとした長い手足、スーツを着ていても分かる痩せ型だけれども鍛え抜かれたボディも好みだ。そんな美貌を持った明城さんは私の好きなタイプに正しく当てはまる。

明城さんからは清潔感のある爽やかないい香りもする。憧れの彼が隣に座っているなんて夢のようだが、現実なのだと実感した。

「庭園に居ると忙しい日常が忘れられますね。自然に触れることはストレス解消になります」

明城さんの言うことはもっともだと思った。私も花や木々に囲まれている時はストレスを感じない。いつの間にか蓄積されているストレスを浄化してくれるような気がする。

「森林浴も好きです。子供の頃、父が休みの日にはよくハイキングや山登りに行きました。アウトドアが苦手な母はいつも家で留守番してましたけど……」

私は子供の頃を思い出しながら答える。

父はアウトドアが好きというよりも、自分自身と子供達の体力作りと足腰を鍛えるためだったようだけれど。

兄と二人でキャンプに連れて行かれた時は、夜になったテントの中が薄暗く怖くて泣いた。

「愛茉さんはアウトドアが好きなんですか？」

「え？　と、特別好きではないですよ。苦手な方です。先ほどのはあくまでも子供の頃の話であって、父の我儘で連れて行かれたようなものです」

私は慌てて否定をしてしまう。本当はアウトドアは嫌いではないが、苦手なイメージの方が男性受けがよさそうだと勝手に判断したため。

警察官の子供ということもあり、私と兄は幼い頃から精神を鍛錬することを言い渡されてきた。護身も兼ねて、柔道を習わされ、黒帯まで持っている。

しかし、このことは隠し通したいのだ。明城さんには清楚で女性らしいイメージを植え付けたいから。

「そうでしたか。愛茉さんがアウトドアが好きならば星空が綺麗な場所にキャンプとか行きたいな、と思っていました。でもキャンプではなくても星空が綺麗な場所には行けますからね」

「星空が綺麗な場所に行ってみたいです。でも、虫は苦手なのでキャンプは無理そうです」

星空が綺麗に見える場所でのキャンプ。明城さんとなら行ってみたい気もするが、本音をさらけ出す勇気もない。

「見た目で判断したらよくないのかもしれませんが、愛茉さんは虫が本当に苦手そうですね」

本心は、見た目で判断してもらえてよかったと思った。実は必死で可憐なお嬢様を演じているからだ。

何故演じているのかというと学生時代の彼氏に二股をかけられて、『女は守られてる方が可愛いんだよ』と言われて振られたから。

本当は、虫は全部が平気とまではいかないが、自分だけで大抵は対処できる。虫が苦手に見えたのならば万々歳だ。

「愛茉さんがガーデニング好きなのは、お義母様が華道をしていたからですか？」

ガーデニングと華道がお花繋がりだと言いたいのかな？　と瞬時に悟る。

「実は自分でも習っていました。他には茶道も」

「そうでしたか。愛茉さんが凛とした女性なのは、華道や茶道も習っていたからですね」

確かに彼が二股をかけていた女の子は、か弱そうで守ってあげたいと思える可愛い女の子だった。

その時の私は真逆で、警察官の父に育てられたために中身は男勝りの可憐とは程遠い存在。

幸い、私の見た目だけは母譲りで綺麗とか可愛いと言われていたので、そんな経験もあって内面的に変われるように努力した。

母は歴としたお嬢様だけに茶道や華道はお手の物で、私は子供の頃から慣れ親しんでいる。そのため、幼い頃から母にはお嬢様修行、父には武道を勧められて子供時代はハードスケジュールをこなしていた。

両親は子育ての方針の違いもあったが、父は母の『女の子は将来、お嫁に行くために慎ましくおしとやかに生活する方が理にかなっている』という考えを尊重するようになる。

私としては身体を動かすのも好きなので武道を習うことをやめなかったのだが、高校生になってからは一切やめた。恋愛をするようになってからは、女の子はおしとやかで可愛げがある方が好かれるのだと気付いたから。

きっと明城さんもそんな可憐な女性の方が好きだろうから、素は見せずにこのままの自分で通し抜く。

遠目でしか見ることのできなかった明城さんとのご縁を無駄にしたくない。絶好のチャンスなのだから、明城さんに気に入られたいもの。

「愛茉さんはお義母様似ですね。物腰の柔らかいところとかがよく似てる。警視総監に性格が似ていたら、今頃、警察官になっていて私のよきライバルになっていたでしょうね」

「ふふ、そんな未来も面白かったかもしれませんね」

子供時代は自分も警察官に憧れていたが、父も反対していたし、『危険と隣り合わせの職業はやめなさい』と警察官の夫を持ちながら母は言っていた。

それなのに娘の夫になる人は警察官でもいいなんて矛盾しているだろう。

「愛茉さんの現在のご職業は？」

「私は会社では経理を担当しています。大学卒業からお世話になっている外食産業の会社です」

「外食産業の会社と言いますと、ファミレスなどをチェーン展開している会社ですか？」

「そうです。とても働きやすい職場なんです」

全国各地にファミレスやカフェをチェーン展開している外食産業の企業で、就業時間や通勤においてもとても働きやすい職場だ。人間関係にも恵まれている。

「そうなんですね。是非とも働いている姿の愛茉さんを見てみたいです」

そう言って、明城さんは柔らかい微笑みを浮かべながら会話を続ける。

「結婚したとすれば働く予定はありますか？　それとも専業主婦を希望ですか？　こんなことをストレートに聞いてしまうからモテないのですが……、私的には家計に余裕があるならばどちらでも構わないと思っています」

「えっと……」

唐突に聞かれたことで、私は返答に困った。しかし、この件は夫婦にとって大切なことなので、自分がありのままに思ったことを口に出そうと思う。

「社会に出て仕事を継続していただいて構いませんし、専業主婦になって家庭とじっくり向き合っていただくのもいいと思いますし。どちらにせよ、息抜きは必要ですから無理しないように、妻になっていただく方には好きな方を選択してほしいと思っています」

私が返答に困ったことにより、明城さんは追加で自分の考えを話してくれた。

「私は働くのも好きですが、夫をサポートできるような妻になりたくて、専業主婦ですが母がいい見本です。夫に尽くしつつも子供達にも愛情をかけるのが理想です」

現在は警視総監という立場の父だが、そこに上り詰めるまでの母の努力も知っている。父はまだ役職のない時に同僚を亡くしている。傷害事件の犯人を逮捕する直前の殉職だった。

危険と隣り合わせだと知っていたからこそ、娘の私には警察官になることを反対していたが、陰で色々と支えていたのは知っている。父が育児に協力できない分を母が代わりに務めていた。今で言うワンオペ育児そのものだったかもしれない。

母の影の努力があったからこそ、父は警視総監まで上り詰めることができたと言っても過言ではない。そんな母を私は尊敬している。

「話を伺う限り、愛茉さんはとても献身的なので結婚する男性と子供達は幸せ者ですね」

明城さんは穏やかな表情を浮かべて私にそう言うと、何かを考えるように黙り込んでしまった。明城さんから振られた話題だったけれど、私の答えは不正解だったのかな？　不意に不愉快にさせてしまっただろうか？

「あ、あの……！　好きな食べ物と嫌いな食べ物は何ですか？」

沈黙に耐えられずにベタな質問をしてしまった。

「好きな食べ物は蕎麦です。嫌いな食べ物は特にありませんが甘い物は苦手です。愛茉さんはどうですか？」

「私はラー……、いや、麺類だとパスタが好きです。他にはフルーツが好きです。そして辛い物が苦手です」

麺類はパスタも好きだけれど、一番に好きなのはラーメン。特に味噌ラーメンをこよなく愛している。ラーメンと言ったら明城さんがどう思うのか分からなくて、女子全般が好きそうなパスタと答えた。

フルーツは美容のために食べているだけでなく、旬のフルーツ毎に好んでよく食べている。

辛い物は苦手で、スパイスが効き過ぎているのも苦手なのでカレーも甘口が好き。

「愛茉さんは辛い物が苦手なんですね？　私も得意な方ではないです。苦手な物が一緒だと食卓に上がらないから、お互いに気を遣わなくていいですよね」

「そうですね」

明城さんも辛い物が苦手なんだ。好きな食べ物、嫌いな食べ物、きちんと把握しておこう。

しばしの沈黙がまた訪れたので私も違う話題を考える。もっと沢山話をしたいのに、会話が続かない。

そんな時、母が私達を迎えに来た。お見合いのために個室を借りていたのだが、そろそろお開きをする時間のようだ。

「名残り惜しいですが時間のようなので行きましょうか」

「はい……」

母は私達の雰囲気を壊さないようにと、声をかけてそそくさと先に部屋に戻った。私達はゆっくりと立ち上がり、後を追うように部屋に向かう。

「そうだ、最後に一つだけ」

「はい」

「温かい家庭を築いていけたらいいなと思っています」

庭園から店内に入るドアの前で明城さんからさりげなく伝えられた一言。

耳に滑り込んできた瞬間、咄嗟に明城さんの袖をキュッと掴んでいた。袖を掴まれた明城さんは、私を驚いたような表情で見ている。

「私は交番勤務の時から貴方を知っておりました。その時からお慕い申しております」と、自分の募らせていた想いを声を絞り出すようにして伝えた。

こんなにも真っ直ぐに告白したことなんて、人生で初めての経験だった。緊張し過ぎて、胸が張り裂けそう。

私自身は勢いだとしても気持ちを伝えられたことに満足している。私も温かい家庭を築いていきたい。けれども、その相手は明城さんじゃなきゃ嫌だ。次第に欲が出てくる。

その後、明城さんは私に向けて微笑みを浮かべただけで何も言わなかった。私は明城さんの袖から、指をそっと離す。

何か一言でも返してくれたらよかったのに……と思ったが、私が明城さんを覚えていても、明城さんは私を覚えてはいないかもしれない。そう思ったら、気持ちが少し楽になった。

明城さんが庭園を出て、料亭の中に戻ろうとしたので、私もついていく。私の勇気は無駄に終わったのか、返答はないままお見合いは終了した。

お見合いから三日が過ぎた。明城さんと父は職場で会っているはずなのに一切の返事はない。もしかしたら断りの返事を入れられるのではと、私はハラハラしながら過ごしていた。

夜中の二時過ぎまで眠れず、朝は五時過ぎには起きてしまう。三時間睡眠を三日繰り返していて、仕事中は眠くなってしまい、業務に身が入らなかった。食欲も落ちていて、ご飯も美味しく感じられない日々が続いている。

お見合い相手が気に入らずとも、上司の娘では断りを入れるのも言葉を選ばないと難しいかと考えてしまう。ましてや警視総監を目指す身で父に断りを入れようとするのは、至難の業だろう。

明城さんとのお見合い自体が奇跡だったのだから、いつまでも待っていないで諦めよう。人生、諦めも肝心だから――

「おかえりなさい、今日は早かったのですね。まもなく食事の支度が終わりますから」

母と二人で夕食の支度をしていたら、連絡もなく父が早めに帰ってきた。いつもならば、早い時も深夜近くになる時も連絡が来ない日はないのに。

「愛茉、朱寿子《すずこ》、ここに座りなさい」

父はまだ夕食の支度も完璧に仕上がってもいないのに、ダイニングテーブルの椅子に座った。父と対面の席になるように私と母も隣同士で座る。

「実は……」

一瞬、父が言葉を躊躇ったかのように見えた。やっぱり断られたに違いない。

この三日間、明城さんのことが頭から離れずにいたので、やっと考えなくて済むようになる。いくら自分だけが気に入っていても仕方ないのだ。

「お断りされたのでしょう？　たとえ彼がお断りしたとしても私が不適任なだけなので、明城さんの昇進には響かないと約束して下さい」

断られても泣かないように、膝の上に置いた手をギュッと握りしめ、私は覚悟を決めて口に出した。私は明城さんを好いているので、そんなことを理由に昇進できないなんて納得がいかず、予め父に伝えておく。

「違う、その逆だ」

「え？」

「明城のご両親もお前のことをえらく気に入って警視庁までわざわざ出向いてくれた。

是非とも結婚を前提にお付き合いをお願いしたいと。そんな吉報を早く知らせたくて隙を見て今日は早めに上がってきた」

三日の間で諦めようと心に決めたのに、父から出た言葉は真逆だった。

「愛茉、よかったじゃない！　明城さんも愛茉を気に入ってくれたということでしょ？」

一瞬、耳を疑ったが母も喜んでいるので聞き間違いではないようだ。母は私の背中を軽く叩きながら興奮気味で話す。

明城さんが私を気に入ってくれたことが本当だとしたら舞い上がるほどに嬉しい。憧れの明城さんともしかしたら結婚できるかもしれない。

父から聞いた直後は信じられない気持ちでいっぱいだったが、今は素直に喜んでいる。

「私も明城さんとなら上手くやっていけると思う。ご両親も素敵な方々だったし、家族になれたら幸せだな」

嬉しさが込み上げて顔に滲み出ていたかもしれない。頬が緩んでいるのが自分でも分かるようだ。

父も私の喜びようを見たからか、ご満悦に見える。

私はその夜のご飯が美味しく食べられた。

寝不足気味なのに嬉し過ぎて眠れなくなり、寝付いたのは朝方。目覚ましをセットしていたが、アラームが鳴っては消してを繰り返し、いつの間にかアラームは鳴らなくなっていた。気付けば八時を過ぎている。完全に寝坊してしまい、仕事に遅刻だ。

食欲が戻った私は、遅刻するにもかかわらずにお腹が空いている。どうせ遅刻だから……と諦めて、グラノーラに豆乳をかけて食べる。

ふとした瞬間に明城さんを思い出す。彼のことを想う度に、思考回路が停止して慌てて支度を再開する。

明城さんのことで頭がいっぱいで、遅刻したことを上司に咎められたとしても、今日は凹まずにいられそうだった。


明城さんとの初めてのデートの日が訪れる。お見合い当日には個人の携帯の電話番号を交換しなかったので、父から私の番号を伝えてもらった。その後に明城さんから電話をいただき、デートをする運びとなった。

私は清楚系を目指し、ナチュラルメイクにゆるふわな巻き髪、ネイビーの小花柄のシフォンワンピースに白のトゥフラットシューズにした。小物はゆらゆら揺れる綺麗めなイヤリング、白の小さめなショルダーバッグ。

明城さんは私を自宅まで迎えに来てくれた。明城さんは車ではなく電車に乗って来たらしい。

私の両親にも改めて挨拶をしてくれる。母は瞳をキラキラと輝かせ、まるで芸能人やアイドルに会えたかのようにはしゃいでいた。

自宅を出て駅に向かって二人で歩いていく。車で迎えに来なかったのは、私とゆっくり歩きながら話をしたいからだと言って、はにかんだように笑う。そんな明城さんが愛おしい。

「愛茉さんはどこに行きたいですか？」

「私は……水族館に行きたいです。いいですか？」

「構いませんよ、行きましょう」

デートと言えば定番の水族館かと思い、ふと答えてしまった。電車に乗りながら、スマホで検索して二人で水族館を探した。

選んだ場所は駅から近い場所にある水族館でイルカショーが開催されている。最前列は至近距離で見られるため、雨具がないとズブ濡れになってしまうらしい。イルカショーは子供の頃以来なので非常に楽しみである。

水族館に着くと、イルカショーまで時間があるので先に館内を見て回ることにした。順路に沿って観覧していくことにした私達は、人の流れに合わせるようにゆっくりと歩く。

「クマノミとかの小さい魚はとても可愛いですよね」

イソギンチャクに見え隠れする姿が可愛くて、足を止めてしまう。クマノミを題材にしたアニメ映画を見た後は自分でも育てたいと思い、アクアリウムショップを見て回ったことがある。結局は飼うのを諦めてしまったけれど。

「愛茉さん、あっちに綺麗な熱帯魚が居ますよ」

「熱帯魚は色とりどりで大きさも違ってて、綺麗なんですよね」

明城さんに誘われて熱帯魚を見に行く。この水槽の魚達は私達を見て、と言わんばかりに輝きを放っていた。

「あっちにはペンギンが居るんですね！」

その後は屋外エリアに居るペンギンも見に行くと、ちょうど餌あげタイムだったので澄晴さんと眺めていた。

「あの子は赤ちゃんかな？　毛並みが違ってるし、ぬいぐるみみたい」

「可愛いー！」

澄晴さんが指をさした子は、見るからにもふもふしていて愛くるしい。迷わずスマホで撮影する。ヨチヨチ歩きのペンギンが口を開けて餌を食べる姿がとても可愛い。

「クラゲは幻想的で癒やされますね」

「こっちの小さなクラゲも可愛いです」

彼氏彼女のようにはしゃぎながら館内を見て回り、最後はクラゲのコーナーに辿り着いた。クラゲのコーナーは光が入らないように真っ暗になっている。クラゲ達がガラスの筒型の水槽に入れられ、色とりどりにライトアップされている姿が何とも幻想的で妖艶だ。

クラゲコーナーを抜けるとお土産ショップに辿り着き、時間がまだあるので眺めてみることにした。海の生き物のぬいぐるみ達がどれも可愛いし、文房具やキーホルダー、小さな貝殻の詰め合わせなども売っている。

「あ、可愛い！」

見た瞬間に思わず声を上げてしまったのはクラゲのぬいぐるみだった。リアルなクラゲを再現したふかふかなぬいぐるみ、目が可愛くついているクラゲ、ピンクや水色のクラゲなど、バリエーションが豊富だ。どれもこれもが可愛く見える。

手に取って見入っていると明城さんがヒョイと私の手の内からクラゲを抜き取った。

「今日の思い出に連れて帰りましょう。この三つでいいですか？」

明城さんは、私が手にしていた三つのクラゲを見比べてから微笑む。

「え？　じ、自分で買いますから！」

「ここは俺に出させて下さい。他に欲しい物はありますか？」

私は否定するために首を横にブンブンと振った。

「遠慮しなくていいですよ？」

「……ありがとうございます」

デートの時、男性が支払うと言ったら素直に甘える方が好感度が上がると学生時代に友人に教わった。果たして本当なのだろうか？

「明城さん、お土産を購入して下さりありがとうございました。クラゲが一番に印象に残っているので見ながら思い出に浸れそうです」

レジ係の人から受け取った紙袋がつぶれないように、そっと胸元で抱きしめる。私の宝物。思い出がいつまでも褪せないように大切に飾りたい。

「愛茉さんが喜んでくれるなら何個でも購入します。そろそろイルカショーが始まりますから行きましょうか？」

「はい」

左手首に着けている腕時計を見るとイルカショーの開演十五分前くらいだった。会場まで辿り着くと来るのが遅かったため、前列の席は満席になっていて既に後ろ側の席しか空いてない。

「後ろ側の席しか空いてませんので、正面のこの席でいいですか？　これだけ遠ければ水しぶきはかからなそうかな」

「そうですね、水しぶきもかからなそうだし、正面の席ならよく見えますからここにしましょう」

明城さんの隣に座り、開演を待つ。私は胸が高鳴り過ぎて、どうしていいのか分からなかった。隣に座っているだけで、こんなにも緊張するなんて……。

イルカショーが始まると私は目が釘付けになる。

「わぁっ！　凄いっ！」

イルカが大技を繰り広げ、前方の列までは水しぶきが飛んでいるようだった。

「前列はレインコートなしでは見られなさそうですね」

明城さんはそう言って、ショーに夢中になっていた私の方を向いた。明城さんの声に反応して横を向くと、不意打ちみたいに微笑まれたので私は咄嗟に顔を背けた。何気ない笑みかもしれないが、今日一番の笑顔に見えたので私の心中は穏やかではない。明城さんを意識してドキドキしまい、子供のようにショーに見入っていた私は我に返った。

「楽しいですね、イルカショー」

顔を背けたのにもかかわらず、明城さんは私に話しかけてくる。

「特にあの子、他の子と比べると小柄なのに一番ジャンプ力があって圧倒されます」

「そうですね、表情も一番可愛い」

全体を見渡していた私だったが、澄晴さんがオススメしてくれたイルカを見つめる。本当だ、あの子が一番ジャンプ力がある。私は胸をときめかせながら、再びイルカショーに見入る。軽快な音と共に様々な色でライトアップされたプールの中をイルカ達が飛び跳ねる姿が印象的だった。

「イルカショー、とても楽しかったです」

「同じく。久しぶりに水族館に来たので子供みたいにわくわくしっぱなしでした」

私達はイルカショーを見終わったのち、水族館を後にした。私が行き先を決めてしまったけれど、明城さんも楽しめたみたいで安心する。

「遅くなりましたがお昼にしませんか？」

「もう十四時を過ぎていたのですね。水族館に夢中でお腹が空いた感覚はありませんでした。明城さんは何が食べたいですか？」

「女の子がよく行きたがるようなパンケーキとか以外ならば、どこでも。甘い物が苦手ですみません！」

「あ、……謝らないで下さい！　お昼は明城さんが好きなお蕎麦にしませんか？　この辺に老舗のお蕎麦屋さんがあるみたいですよ」

実は行き先が水族館に決まった後、水族館探しと同時に電車内でお蕎麦屋さんを探していた。ネットでは美味しいと評判な蕎麦屋さんが見つかり、明城さんと一緒に行こうと決めていたのだ。

「え？　俺に気を遣わなくていいですよ」

「水族館は私が決めましたから、次は明城さんの好きな物です。私もお蕎麦を食べたいですし是非そうしましょう」

お昼は私の予定通りに決定し、調べておいた老舗のお蕎麦屋さんになった。明城さんは天蕎麦をオーダーし、私は温かい海老天蕎麦にする。

好きな人の前では格好ばかりを気にして麺類は上手くすすれないし、初デートで選ぶお店ではないのかもしれない。それでも私は、明城さんの美味しそうに食べている顔を見られたので満足する。

「ごちそうさまでした。お蕎麦美味しかったですね」

「はい、十割蕎麦でしたがちょうどいい硬さでした。海老天も食べ応えがあって食べ過ぎちゃいました」

人気のある蕎麦屋さんなので、次から次へとお客様が来店する。待っているお客様も多いので食べ終わり次第、席を立ち店外へと出た。

私がオーダーしたお蕎麦の海老天は大きいのが二本も乗っていたが、何とか食べ切った感じ。美味しさとボリューム満点のお店だった。

「愛茉さん、次はどうしましょう？　今日は時間がたっぷりあるのでどこかに行きましょうか」

「じゃあ、……カロリー消費にショップ巡りしますか？」

「賛成。入りたいショップがあれば入るってことでいいですか？」

「はい、そうしましょう」

私達は意見がまとまり、ショップ巡りを開始する。澄晴さんがどんなショップに興味があるのかを知りたかったのだが、一向に足を止めようとする気配がない。私に遠慮しているのか、ただ単に入りたいショップが見当たらないのか。

お互いに足を止めることをせず、このままだとただひたすらにカロリー消費のためだけに歩くことになる。そう思った私は自分から入りたいショップを提案しようとしたが、様々な考えが脳裏をよぎった。

洋服屋さんに明城さんを連れ回すことはしたくないし、……かといって雑貨屋さんも明城さんは興味がないよね？　花屋さんにも行きたいけれど荷物にもなるし、切り花や花の種などに没頭してしまいがちなのでやめておこう。

「愛茉さん、ここのショップに寄ってもいいですか？」

ただひたすらに歩いていただけでどこにも入ろうとしていなかった私達。そんな時、明城さんが足を止めた。明城さんが気になったショップはインテリアや生活雑貨が置いてある場所。

「食器を揃えたいんですよね。愛茉さんも一緒に選んでもらえますか？」

「え？　私も一緒に選んでいいのですか？」

「はい、是非お願いします」

ショップの中に入ると女性のお客様やカップルも多かった。

「男の一人暮らしだと食器はあまりこだわらないんですよね。でも、もしも愛茉さんや愛茉さんのご家族を家にお呼びした時に、何もなかったら笑われてしまいますから」

白のコーヒーカップとソーサーのセットを手に持って眺めながら、さりげなく呟く明城さん。私や私の家族がお邪魔した時用の食器類なんだ。明城さんが私との未来を前向きに検討してくれていることに対して、嬉しくて胸がいっぱいになる。

「笑ったりしませんよ。実家の食器類は白で統一しています。白ならば何の料理を盛っても違和感ないですから」

「そうですよね。ちなみにメーカーとかのこだわりはありますか？」

「母は好きな食器メーカーはありますが、コーヒーカップ又はティーカップ類のみ揃えているみたいですよ。デザートを白いお皿に盛るとカップの柄が引き立ちますから」

「なるほど。じゃあ、俺も真似して和倉家風にします」

明城さんは円型又はスクエア型、皿の軽さなどで私にどうかな？　と確認しながら選んでいる。まるで新婚さんみたいで楽しい。

大量の皿を購入した明城さんだったが手荷物になってしまうため、私の自宅に宅配してもらうことにした。彼は仕事で自宅を空けがちなので、私が受け取りすることに決定。後ほど車で引き取りに来てくれるらしい。

「肝心のカップ類を買ってないので、後日でもいいので一緒に選んで下さい」

「はい、是非」

約束が増えていく。明城さんにまた会える口実が増える度に心が躍る。

明城さんが私の隣に居て、同じ時間を共に楽しんでいることが幸せ。

「愛茉さん、遠慮なく気になるお店があったら言って下さいね。今日はデートなんですから」

「分かりました……！」

デート！　明城さんの口からデートという言葉が出ると思わなかった。私達、周りの人から見れば立派な彼氏と彼女なのだろうか？　きちんと釣り合っているだろうか？

「顔見知りとはいえ、俺なんかとデートしてくれているだけで感謝しています。愛茉さんは俺よりも六つも年下ですから、ジェネレーションギャップなどがある時もその都度知らせて下さい」

明城さんはスタイルも容姿も気遣いも完璧なのに何故か自信がなさげな発言をした。

そんな明城さんが私にはおかしくて、つい笑みが溢れる。

「あはは！　明城さん、そんなに気にしなくても年齢のことは気になっていませんし、私の方こそ同年代の女の子とは違って変わってるかもしれませんよ？」

「そうですか？　愛茉さんは実年齢よりも幼く見えますが、一つ一つの振る舞いがとても綺麗で女性の鑑ですね」

歩きながら明城さんは私の話は上手く躱して、そんなことをさらっと言う。褒められたのに恥ずかしくて顔を見られない。

明城さんは思ったことを溜めずに口に出してしまうタイプなのか、考えてから発言しているのかは分からない。

「愛茉さん、そろそろ十六時半になりますね。歩き疲れたでしょうからカフェで一休みしてから帰りませんか？」

通りすがりのコーヒーショップを指差し、斜め上から問いかける明城さん。私は頬の火照りが引かないので、ただ頷いただけだった。

オープンテラスのあるコーヒーショップに入り、オーダーを済ませて品物を受け取った後に明城さんは店内かテラスかを私に選ばせてくれた。天気がよく、まだ明るかったのでテラス席に座る。

「愛茉さんは紅茶が好きなんですね」

「フルーツ系が得に好きです。お砂糖入れなくてもほんのりと甘くて美味しいんですよ」

昼食はお蕎麦でお腹が空いたと言っていた明城さんはアイスコーヒーと輪切りのトマトと玉ねぎスライスが入ったハンバーガーをオーダーし、私は季節のフルーツの角切りが沢山入ったアイスのフルーツティーをオーダーした。

ハンバーガーをペロリと食べてしまった明城さんは「あぁ、またジャンクフードを食べてしまった……」と言って後悔していた。そんな明城さんに対して私は「外でご飯を食べることが多いんですか？」と訊ねる。

「そうなんですよ。職場では外食したり、忙しい時はおにぎりかパン一つだったりします。もしくは食事抜きとかも。自宅でもそんな感じで、夜遅くに疲れて帰って何も食べずに寝ていた、とかもあったりで……」

明城さんの仕事は本当に激務なんだと、しみじみ思う。栄養のバランスが偏ってしまうし、体調を崩したら大変だ。私にお手伝いできることがあればいいのだけれど……。

「あ、あの……！　私でよければ、お弁当作りますよ。毎朝、父に渡しますので」

私は視線を下向きにしてドキドキしながら、勇気を振り絞って提案した。そんな時、私を後押ししてくれるかのように、少しだけ風が吹いてワンピースが揺れる。

「え！　本当ですか？　嬉しいです。でも、警視総監に運んでもらうのはバチが当たりそうだな……」

明城さんは私の提案に初めは驚いたような顔をしたが、次第に嬉しそうに微笑んでくれた。

「そ、そんなことありませんよ！　父は明城さんを気に入ってますので喜んで持っていくかと……！　それに父と私のお弁当も作っていますので気になさらないで下さい」

父には私から言えばきっと大丈夫。明城さんの食生活の偏りが心配なので、栄養バランスのいいお弁当を食べてほしい。

こんな時、明城さんにお弁当が気に入ってもらえるかは別としても……母から料理を教わっておいてよかったなと心底思う。

「では、お言葉に甘えて。出勤したら警視総監からこっそり受け取るようにします。警視総監に運ばせたとなると部署内の一大事ですからね」

そう言って笑顔を見せてくれた明城さん。もうすぐ帰宅しなければいけないのだが、できればもっと一緒に過ごしたかった。

順調に時は流れていき、楽しくて愛おしい時間はあっという間に過ぎていく。

帰りは自宅まで送ってくれて、両親に挨拶までしてくれた。本当に絵に描いたように優等生な明城さん。

憧れの明城さんの優しい笑顔が沢山見られたし、たった一日のデートで思い出が沢山できて、私の心の中は幸せで満たされている。

私はいつでも視界に入るようにと、ベッドサイドにクラゲのぬいぐるみ達を飾った。

就寝前にクラゲのぬいぐるみ達と目が合って、思わず手に取って眺める。パステルカラーのふわふわのクラゲ達は、どの子も表情や形が違うが全部可愛い。明城さんを思い出しながら、ギュッと抱きしめる。

私は宝物のクラゲのぬいぐるみ達を抱きしめ、幸せな気分に包まれながら眠りについた。

ありがとう、明城さん——

二、プロポーズ

時は既に六月初旬。

明城さんは警察官という職業で日々、忙しく働いている。夕方にデートの約束をしていても叶わない場合もあるけれど、仕事だから仕方ないと割り切っていた。

約束をしていて会えなくなった日も折を見て必ず連絡をくれる。電話で声を聞けただけでも幸せで、本音を言うと寂しくて空っぽになりそうな心に花が咲いたみたいに華やいで癒やされている。

明城さんへのお弁当作りも毎日の日課となり、一緒に作っている父のお弁当も以前よりも豪華になりつつある。

お見合いをしてから一ヶ月が過ぎたある平日の朝、明城さんから電話がかかってきた。ある大きな事件が解決したので翌日の夜に会いたい、と。

警察には守秘義務があるので詳しくは聞いていないが恐らく、今世間を騒がせている事件だろう。この事件の犯人が逮捕されたと昨晩のニュースで見たからそうだと勘づいた。

明城さんに『ずっと会えなかった分の穴埋めもしたいので、創作フレンチのお店に行きましょう』と言われる。

カジュアル過ぎなければ大丈夫だとは言われたが、服装に悩んでいた私。

思い切って洋服を新調することにして、仕事帰りにお気に入りのショップに立ち寄った。二着ほど、気に入った服を見つけたので、奮発して購入し翌日に備えた。

翌日は午後からの仕事を半休して、明城さんとの約束の時間までは自分磨きの時間に充てる。

何故？　と聞かれれば正確には答えられないが、私の直感で今日のデートはいつもとは違う気がしていた。

「愛茉さんは門限があると警視総監から聞いています。今日だけは門限を解いてもらえるように事前に警視総監にお願いしてきました。了承いただけたので、多少帰りが遅くなりそうでも気にせずに楽しんで下さいね」

「はい、今日をとても楽しみにしていたので嬉しいです」

十九時少し前、初めて明城さんが車でお迎えに来てくれた。私は助手席に乗せてもらう。

明城さんの車はスポーツタイプの七人乗りの人気のＳＵＶ。ボディの色は、パールのような光沢のある黒。

広々とした車内は隅々まで清掃してあり、爽やかないい香りが漂っている。

「アウトドアが好きなんで、張り切って七人乗りのSUVを購入したのですが……忙しくて特に使い道もなく、ただ大きいだけの車になってしまいました」

「このくらい広さがあるとキャンプ道具も余裕で積めそうですもんね。助手席も乗り心地がいいですよ」

少し車高が高いので幼い子供は乗る時に補助が必要になるが、これだけの広さがあると家族が増えても安心。そんなことを胸中で思ったりしたが、まだ結婚の予定はない。

BGMは洋楽が流れていたが有名なミュージシャンではないのか、聞いたことのない曲調だった。けれど、耳障りではなく聞いていると落ち着く。

「あ、一旦停まります。少し待って下さい」

自宅付近を出発した車はほんの僅かな距離しか進まないままに停車する。何だろう？　と不思議に思っているとスマホを取り出して Bluetooth で車内のステレオと音楽を繋ぐ。BGMは、先ほどまでの曲から流行りの曲へと変化した。

操作が完了すると左手の人差し指を口元の前に立て、口止めを要求してきた明城さんが可愛らしい。

「そのままの曲でもよかったですよ。知らない曲でしたが心地のいい曲でした」

「そうですか……、ありがとうございます。でもたまには流行りの曲も聞いてみたいので、こちらにしましょう」

スマホからカーステレオを通して流れている曲は聞き馴染みのある曲。明城さんは仕事が忙しく世間の流行には疎いと言っていた。国内でも好きなグループはあるらしいが、洋楽は歌詞が分からない部分もあるので聞いていて何にも考えなくて済むそうだ。

確かに悩んでいる時や疲れている時は無心になりたいから、聞き流す程度でちょうどいい。

明城さんの運転する車は都心部に向けて走っていく。既に夜になり、時刻は二十時間近。

「そろそろ降りますね」

夜景の中にキラキラと輝く遊園地の灯りが目に入る。一時間ほど、車に乗ったところで目的地周辺まで来たらしい。

「ここから少し歩きます」

食事をするレストラン付近の立体駐車場に車を停めて、二人で歩いていく。明城さんと夜景を見ながら歩くなんて最高だな。

手を繋いでみたいけれどいいだろうか？　歩幅を私に合わせてゆっくりと歩いてくれている明城さんの右手にそっと私の左手を重ねようとした。その時、明城さんが私を警戒するかのように右腕を上げた。

「あっ」

思わず私は声を上げてしまった。

「愛茉さん？　どうしました？」

拒否されたような気がしたが、明城さんは私の身に何かあったのかと不思議そうな顔をしている。本当に気付いてないだけ？

「ううん、何でもないです、大丈夫」

私は必死に否定する。拒否されたかのように感じ取ってしまったから、手を繋ぎたい、だなんて私の口からは到底言い出せない。言葉に出して断られたら、そんなショックなことなんかないから。

「そうですか……、ならいいのですが」

きっと気付いていなかっただけ。無意識に腕を上げてしまっただけ。そう考えることにする。

「あそこのタワーの中に入りますね」

何事もなかったように振る舞う明城さん。

そういえば、明城さんは私に一度も触れたりしなかった。硬派に見えるし、上司が私の父なので入籍するまでは手を出さないつもりなのかもしれない。勝手な解釈をして、先ほどのことは忘れることにする。

「いらっしゃいませ。明城様、お待ちしておりました」

明城さんが予約してくれた創作フレンチレストランは四十階立ての高層タワーの上階部分にある。高層タワーの中にはオフィスやホテルも入っていて、高級感溢れる場所だった。

レストランの扉を開くとスラリと手足の長い細身の男性スタッフの方が出迎えてくれる。顔パスのようでスタッフの皆が知っている雰囲気だった。

席に案内されると窓際の席に案内され、夜景が百八十度は見渡せるくらいに綺麗に見えた。

「明城様、シェフの稲澤《いなざわ》よりドリンクのサービスを申し付けられておりますが、何がよろしいでしょうか?」

「シャンパンで……と言いたいところですが、ノンアルコールのシャンパンを。愛茉さんはどうします？　アルコールをオーダーしても構いませんよ」

先ほど出迎えてくれた男性スタッフの方がそう告げると、明城さんはメニューも見ずにオーダーし始める。私はどうしよう……。お酒はすぐに酔ってしまい、得意な方ではないので最初の一杯だけにしよう。

「はい、ありがとうございます。ではお言葉に甘えてオススメのシャンパンをお願いします」

「かしこまりました」

スタッフの方がシャンパングラスに注いでくれた。

「愛茉さん、実はここのレストランは友人がシェフを務めています。今日の料理はお任せでお願いしてありますが、辛い物以外に苦手な食べ物やアレルギーはありますか？」

「特にはありません」

「そうですか、ではそのままお任せメニューでお願いしますね」

明城さんはそう言うとスタッフの方にその旨を伝えていた。お見合いの時に話した辛い物が苦手だということを覚えていてくれたことが嬉しい。

前菜から始まり、順を追って出されていく料理に舌鼓を打つ。

「牛フィレのステーキ、とても柔らかくて美味しかったです。付け合わせの盛り方も綺麗でした」

「それはよかった」

肉料理は牛フィレのステーキ。付け合わせにじゃがいもとにんじんを薄切りにして素揚げしたもの、ミニトマトやルッコラなどが綺麗に盛り付けてあり、見た目も満足できる一品だった。

最後に出たデセールは特別なものらしく、小さいスイーツが沢山盛られていた。ラズベリーとレモンのマカロン、苺のミルフィーユ、スモモのソルベ、苺のハート型のムースが盛られていて、チョコレートで【ＥＭＡ】と書かれていた。明城さんには提供されなかったので、その分が私のところに盛られていたのかもしれない。

心が舞い上がっていたのも束の間、明城さんが「愛茉さんに話があるんです」と言った。

「はい……？」

何を言われるのだろうか？

先ほど、手を振り払われたことも気になってしまっている。もしかしたら、本当は交際をやめにしたいのかもしれない。そうだとしたら、こんな風に私に優しくしたりしないかな？

私が聞き返してからも明城さんは黙っていたので、頭の中は疑問符でいっぱいになる。

「一つ目はお弁当をいつもありがとうございます。美味しくいただいております。手作りのお弁当は大変ありがたいし、警視総監も愛茉さんも同じ物を食べていると思うと家族になったようで嬉しいですね」

「そう言っていただけて嬉しいです」

お互いに照れながら微笑み合う。お弁当がこんなにも感謝されるのが嬉しい。

「実は……」

明城さんは俯き加減で小さい声で話し始める。何を言われるのだろうか？　とドキドキした時、背後から声がした。

「ボンジュール！　婚約おめでとうございます！　親友が婚約したと聞いて居ても立ってもいられなかったか……」

「稲澤！」

コックコート姿の男性が私達の席まで来て、お祝いの言葉をかける。

婚約？　……まだしていないけれど。

稲澤さんと明城さんが名前を呼んでいたので、友人のシェフだろう。稲澤さんは色白で、二重のはっきりとしている目元に鼻筋の通った高い鼻、薄い唇。モスグリーンの艶がある黒髪で、瞳の色は惹き込まれそうな綺麗なブラウンの男性だった。

「何故、今のタイミングで出てきたんだ？」

明城さんは怖い顔をして稲澤さんを睨み付けて口を開いた。その瞬間に、周りから拍手喝采が起きた。

「婚約おめでとう！」

「おめでとうございます！　末永くお幸せにね」

唖然としていた私達だったが、シェフが話しながら席まで来たことにより周囲に話が漏れていたらしい。祝福される私達。

「あ、ありがとうございます……」

違うと否定したかったのだが、つい条件反射で答えてしまっていた。

周囲の祝福に小さな声で呟く私だったが、実際にはプロポーズもされていないし婚約もしていない。しかし、澄晴さんも否定もせずに受け入れているのは何故なのだろう？

「こんな風に騒がしいフレンチレストランはお前のところだけだろうよ」

明城さんは周囲の騒ぎが収まってから、稲澤さんに口撃する。

「そうかな？　いーじゃん、楽しくて。ね？　愛茉ちゃん」

稲澤さんも負けじと対抗して私に振った。私の名前を知っていたのは、明城さんがスペシャルプレートをオーダーしてくれたから？

「愛茉さんのことを気軽に〝ちゃん〟付けで呼ぶな。お前に名前を教えるべきではなかったな」

「明城が初めて予約をしてくれたのだから、根掘り葉掘り聞くのは当然だろう」

稲澤さんは呆れている明城さんは気にせず、私に笑顔を向けてくる。私も稲澤さんに対して微笑み返した。明城さんは稲澤さんに押し切られて、私のことを話した感じなのかもしれない。

でも仲のいい友人のお店に私を誘ってくれたなんて、それだけで嬉しい。私も明城さんの人生に関わっていいのだと思うと、胸がキュンとする。

「お料理も美味しかったし、明城さんのご友人が経営しているお店に連れてきてもらえて光栄です。デセールのスペシャルプレートもありがとうございました」

「それはそれは嬉しいことを言ってくれてありがとう！　明城は無愛想だけど笑うと

可愛さ倍増だから見捨てないであげてね」

正直な感想を伝えた私に更に話を続ける稲澤さん。全面的にオープンスタイルで楽しい人だ。

稲澤さんが話し込んでいるとスタッフが「シェフにご挨拶したいと二番テーブルのお客様がお呼びですよ」と伝えに来た。稲澤さんは「ゆっくりしていってね」とだけ言い、二番テーブルへと向かう。

「全く……、騒がしい奴ですみませんでした」

「いえ、そんなことはないですよ。明るくて楽しい方でしたね」

今の明城さんはあまり感情を表情に出したりしないので、交番勤務をしていた時の無邪気な笑顔の明城さんならば稲澤さんと一緒に居るのを想像できる。二人は古くからの親友なんだろうな、とすぐに分かった。

「稲澤は腐れ縁と言うか……、実家付近に住んでいて幼稚園から一緒です。唯一、違ったのは大学進学か専門学校の違いでしょうか。小中高と一緒でした」

「やっぱり、そうなんですね！　長年一緒に居る感じが見受けられました」

「本当は弁護士を目指していたのですが、急に方向転換したんですよ。目指していたのが弁護士ならば同じ大学の法学部だったかもしれません」

「なるほど。何か転機があったわけですね」

稲澤さんが席から姿を消してから、明城さんは彼の身の上話を続けている。知らなかった明城さんの一面を知れるようで楽しい。真っ白の知らない世界に、色が加えられたみたいに彩りが明るくなる。

「しかも、稲澤は日本人とフランス人のハーフなんですよ。綺麗な茶色の髪だったのに、日本人の黒髪に憧れてカラーリングしたそうです」

「ふふっ、稲澤さんの話を聞いてると話が尽きなくて楽しいです」

稲澤さん的には私情をバラされて不本意かもしれないが、明城さんが楽しそうに話してくれることが嬉しい。他人行儀ではなく、これからもこうやって自然に会話を重ねていければいいのだけれど。

「さて、稲澤の話はさておき……本題に入ります」

そうだった。明城さんに言われて、話したいことがあると言われていた最中だったことに気が付く。

「後出しみたいで格好悪いのですが、……結婚していただけませんか？」

え？　聞き間違いではないよね？　こんなに早く結婚を決めて明城さんはいいのだろうか？

「会って間もないですが、お見合いですし、お互いが気に入れば結婚という流れを取ってもよいのでは？　と思いまして」

明城さんは真剣な眼差しで私を見ながら、「受け取っていただけますか？」とネイビーブルーの小さな箱をスーツのポケットからスムーズに取り出して差し出す。それは、両親から大学合格のお祝いにもらったネックレスと同じで、大好きなジュエリーブランドのものだった。

明城さんが箱を開けると指輪をスッと右手の指で取り「愛茉さんの指に嵌めてみてもいいですか？」と訪ねてきた。私は感極まって何も言葉にできなかったので、左手を差し出し頷く。

私の左手を掴み、その薬指に明城さんが指輪を通していく。指輪は少しだけサイズが大きかったけれど、彼からのプレゼントに喜びが込み上げ、瞳が潤んでくる。

中央にダイヤがあり、ダイヤに向かってリングが右上がりにカーブしている。リング部分の両側には小さなダイヤが五個ずつ埋め込まれていた。

「少し緩かったですね。すみません、直して下さるそうなので近いうちに一緒にジュエリー店まで行っていただけますか？」

「はい、喜んで……」

まさかのサプライズに気持ちが追いついていかない。しかも私の大好きなブランドを選んでくれるなんて心嬉しくて落ち着くことができない。

「改めまして……。私の妻になっていただけますか？」

「はい、私でよければ……」

ハンカチで涙を拭いながら明城さんにプロポーズの返事をした。周囲からはヒソヒソと「まだプロポーズしてなかったみたい」とか「早とちりだったみたいね」という声が聞こえてきた。

明城さんは居づらさを感じたのか「お店を出ましょうか」と私に問いかける。二人で席を立って会計に進もうとすると「末永くお幸せにねー」と聞こえて再び拍手喝采が起きた。

レストランのお客様に祝福された私達は、皆に深々とお辞儀をしてから会計を済ませ外に出る。

レストランから下に降りるエレベーターに乗った時に私達は二人きりだった。

エレベーターの正面は透明になっていて、夜景が見下ろせるようになっている。シン……と静まり帰るエレベーターから見える夜景を見ながら明城さんが口を開いた。

「警視総監には、以前からプロポーズさせて下さいとお伝えしてあります」

「そうでしたか」

私はプロポーズが夢なんじゃないかと思いながら夜景を見つめていたが、明城さんのその一言で現実なのだと我に返る。『以前から』という言葉から、明城さんは早い段階からプロポーズを考えてくれていたのかもしれないと思うと、心が舞い上がってしまい落ち着かない。

「あの、一つ聞いてもいいですか？」

婚約指輪が大好きなジュエリーブランドだったことも嬉しくて、つい訊ねてみたくなった。

「はい、何でしょうか？」

「婚約指輪をいただけただけでも嬉しいのに、それが偶然にも大好きなジュエリーブランドのものだったんです。幸せが重なって私の元にやって来ました」

明城さんは私の顔を見て、優しく微笑む。

「実は……プロポーズしたいと伝えた時に警視総監が教えてくれたんです。愛茉さんがこのブランドを気に入っている、と」

「え？　父が？」

驚いた。まさかの父がそんなことを伝えるなんて思いもよらなかった。

「はい、そうすれば更に喜ぶだろうって言われたのでショップに行きました。警視総監は本当に娘さん想いですね」

そうこう話している間にパーキングの連絡通路階に着いてしまった。明城さんは駐車券を精算し車に乗る。

「少しドライブしてから帰りましょうか」

明城さんはそう提案をしてくれて、少しだけ遠回りをしてから帰宅することになった。車の中から見える夜景が綺麗で更に心が舞い上がる。

私、明城さんと結婚することになるんだ。近い未来に期待はしていたけれど、こんなに早く機会が訪れるとは思いもよらなかった。

「今日は稲澤の店にしたために騒がしくなり、すみませんでした。女性の好みの店に疎くて、稲澤の店ならば間違いないかと思って予約をしたのですが……」

「私はちょっぴり気恥ずかしいのはありましたが、周りのお客さんにも祝福してもらえて嬉しかったですよ。それに先ほども言いましたが、稲澤さんのお店のお料理はとても美味しくて幸せな気持ちでいっぱいです」

「そう言っていただけて俺も幸せです」

帰りの車内で、何度も何度も薬指につけている婚約指輪を眺めてしまった。何回見てもキラキラと輝いていて、カーブに沿って嵌め込まれているダイヤモンドが麗しい。

夢を見ているみたいで、夜が明けたら嘘だったなんて言わないでほしい。

無事に自宅まで送り届けてもらい、早速、両親に指輪を見せる。

父にもさりげなく、明城さんが言っていたことを伝えると照れくさそうに誤魔化した。そんなに否定しないで、自分が明城さんに私が好きなジュエリーブランドを教えたことを素直に認めたらいいのに。それでも、父の心遣いが本当に嬉しかった。

お風呂に入る時も寝る前も気持ちが高ぶって、顔が綻んでしまう。

ベッドに横になり、少しだけ緩さはあるが光り輝くダイヤモンドの指輪を左手の薬指に嵌めて天井に掲げてみる。明城さんが選んでくれた指輪がライトに反射して煌めきが増す。

指輪を眺めながら、明城さんのプロポーズを脳内でリピート再生する。あの真剣な眼差しが忘れられない。

今まで生きてきた中でも今夜は特別で、忘れられない夜になった。

こんなにも幸せな日々があってもいいのだろうか？　と思うほどに私は毎日が幸せなのだ。

一目惚れをした明城さんと父の勧めでお見合いをし、そのまま結婚することになるなんて夢を見ているみたい。

明城さんが旦那様になるというのに、彼の方から自宅を訪ねてくれて会う度に胸が高鳴って苦しいくらい。

婚約が正式に決まってからは明城さんが忙しく働いていて、二人きりで出かけることはなかった。

そんな中、なかなかできずにいたデートのチャンスが再び巡ってくる。

「愛茉さん、お待たせしてすみませんでした！　午前中で帰れると思っていたのですが、捜査が長引きまして……」

「いえ、お忙しいのに私のために時間を割いていただき申し訳ありません。明城さんはお疲れだと思うので後日でも構いませんよ」

本日は明城さんと結婚指輪選びと婚約指輪のサイズ調整で、私の大好きなジュエリーショップがある駅前で待ち合わせをする予定だった。

明城さんは現在、追っている事件の裏付けが取れそうだったらしく昨晩は泊まり込みでの捜査になったらしい。半休が取れそうだと言っていたので午後一時に待ち合わせをしていたが、連絡が入り終了次第に変更となった。

夕方四時過ぎ、自宅で待機していた私の元に現れた明城さん。

紺色のストライプ入りのスリムなスーツでビシッと格好よく決めていた明城さんだったが、仕事帰りと言うのもあってか少しだけ疲れているように見えた。

玄関先で迎えに来てくれた明城さんとやり取りをしていると母が出てきて「明城さんだって、愛茉のためにわざわざ時間を空けてくれたのよ」と言った。

「でも、明城さんは寝不足なんじゃないですか?」

私は明城さんの身体を気遣ったつもりだったのだが、母に「今日行かなければ明城さんが丸々一日ゆっくりできるお休みが愛茉の我儘でつぶれることになるのよ。……だとしたら、今日、無理にでも行ってきた方が明城さんの身体が休まるわ」と否定される。

私は我儘を言っている覚えはないのだけれども。多少、納得がいかない部分もあるけれど、今日選びに行くことが明城さんの身体のためならばそうする。

「ね? 明城さんもそうよね」

母はすかさず、明城さんに確認する。

「私は今日でも後日でもどちらでも構いませんよ。愛茉さんに会える回数が増えるのならば、願ったり叶ったりです」

母と私の会話を聞いた後に明城さんが優しく微笑みながら、そんなことを言ったので私達は驚いた。硬派に見える明城さんがそんな甘い言葉を口に出すなんて。

「指輪を見に行く行かないは別にして、今から愛茉さんを連れ出してもいいですか？」

母は驚く様子もなく「勿論、どうぞ」と私を物のように気軽に差し出す。

了承を得た明城さんは私を自宅から連れ出して駅までの道のりを共に歩いた。

「つ、明城さん！　あ、あの……」

私の歩幅に合わせてゆっくりと歩いてくれている明城さん。隣に居るだけで呼吸ができなくなってしまうかのように緊張もしているし、ドキドキもしている。

「何でしょう？」

「今日はありがとうございます。指輪、すぐに決めて帰りま……」

「指輪が決まらなければ、また見に行きましょう。焦らなくてもいいと思いますよ。一生モノですから、愛茉さんが気に入った指輪にして下さい」

「……はい」

私の言葉を遮って明城さんが話を始めた。一生モノと言ってくれたことに対して嬉しさが込み上げる。明城さんが放つ、一つ一つの言葉に思いやりが溢れていて心が満たされる。

感極まって返事をすることが精一杯だ。

「それから、ずっと気になっていましたが……愛茉さんももうすぐ明城姓になるのですから、明城さんではなく下の名前で呼んでいただけると嬉しいです」

「分かりました、……澄晴さん」

初めて明城さんを名前で呼んだ。気恥ずかしいような何だか変な感じ。

ふと澄晴さんの方を見てみるとほんの僅かだが、頬が赤いような気がする。照れているのかもしれない。

「澄晴さんのお名前は澄晴さんにとても似合っています。澄み渡る青い空のイメージが透明感のある爽やかで清らかな印象そのものです」

私は思いのままを澄晴さんに伝える。

「清らかですか？　そんなことはないと思いますが……」

澄晴さんの顔が一瞬にして曇り出し、まるで天候が一気に下り坂になったようだった。澄晴さんの否定の言葉の意味を知るのは、まだ先である——

澄晴さんは私が大好きなブランドのジュエリーショップに連れてきてくれたのだが、入口の前で立ち止まる。本店になど来たこともないので、感動して言葉も出ない。

今日訪れたジュエリーショップは、系列店の中でも一番大きな店舗であり本店だった。数々のブランドショップが建ち並ぶ中、自らを主張するかのように堂々とした佇まいをしている。

ジュエリーの箱と同じ色を基調とした二階建ての建物で、入口の真上にはブランド名が誇りを持って掲げられていた。一階部分はガラスの部分が多く、道路側からも展示されているジュエリーが覗けるようになっている。

「本店なら品揃えも間違いないと思い、婚約指輪もこちらで購入しました。今日は二人なので緊張も和らぎますね」

「は、はい。そうですよね……」

澄晴さんと一緒でも私は緊張がほぐれなかった。憧れのブランドのジュエリーショップの本店に、大好きな澄晴さんと足を踏み入れる。そんな一大イベントが今から行われるのだから平常心ではいられない。

「いらっしゃいませ」

「婚約指輪のサイズ直しと結婚指輪の相談をお願いしていた明城ですが……」

「お待ちしておりました。では、サイズのお直しからお伺い致します。こちらへどうぞ」

ジュエリーショップの店内に入ると同時に、スタッフに案内カウンターまで連れられる。澄晴さんが婚約指輪を選んでくれた店舗と同じだったので、婚約指輪のサイズ直しもスムーズにお願いできた。

「本日は結婚指輪のご相談も……ということですが、オーダーメイドなどのご希望はありますか？」

お直しをお願いしたスタッフと同じ方が引き続き担当してくれる。

「オーダーメイドではなくても構わないのですが、この婚約指輪と重ね付けしてみたくて」

婚約指輪をいただいてから数日後、インターネットからの情報により結婚指輪と重ね付けしてもいいと知る。その時から、どちらも大切にしたいので重ね付けしようと決めていた。

「重ね付けすると素敵ですよね。まずは店内をご覧になりながら、イメージを固めていきましょうか」

スタッフは私達に微笑み、重ね付けにオススメなデザインのセットリングを紹介してくれる。確かに素敵なのだけれど、澄晴さんがつける方のペアリングがイメージと合わない感じがした。細長くて綺麗な指をしている澄晴さんには、カーブに沿って切り込みが入っているデザインよりも、もっとシンプルな指輪の方が似合うような気がする。

「ダイヤモンドの散りばめ方と緩やかな曲線部分が美しいデザインの婚約指輪なので、結婚指輪が派手過ぎてもバランス的に合わないのかな？　と思います。なので、セットリングと同じようなタイプのデザインを探しましょう」

そう提案され、店内をじっくりと眺めていく私達。

「セットリングではないのですが、この曲線に合わせて尚且つ派手過ぎないタイプだとこちらもございます」

「重ね付けしてもいいですか？」

「勿論です、お出ししますね」

スタッフは私の希望を聞きつつ、ペアの結婚指輪を出してきた。早速、重ね付けしてみると曲線の部分が合い、お互いがお互いを引き立ててくれるような印象。

「わぁ……！　綺麗」

「素敵ですね。バランスもとてもいいです」

今つけてみた指輪がとてもしっくりきて、澄晴さんがつける方のデザインもいい感じ。

「私はこの指輪に決めようと思いますが、澄晴さんはどうですか？」

「二つとも、今までの中で一番いいと思います」

澄晴さんも賛成してくれたので、迷わずにこのペアの結婚指輪に決めた。スタッフも喜ばしい笑顔を浮かべている。

私達は手続きを済ませ、ジュエリーショップを出た。

「一軒目で決めてしまってよかったのですか？」

ジュエリーショップを出て、早々に心配そうに私に声をかける澄晴さん。

「はい、あの指輪が気に入ったので」

「そうですか……」

「念願の婚約指輪と結婚指輪の重ね付けもできますし、大好きなブランドというのも嬉しいです。ありがとうございます」

お礼を言うと「愛茉さんに喜んでもらえたので本店に来てよかったです」と澄晴さ

んは照れくさそうに返事をした。

セットリングは選ばなかったが、結婚指輪は澄晴さんからいただいた婚約指輪と同じブランドのものなので、重ね付けをしても違和感は感じない。寧ろ、輝きと幸福感が増すのではないか？　と思う。

澄晴さんは何軒か見た方がいいのでは？　と提案してくれたが、私は一軒目でお気に入りの指輪に出会えたから満足なのだ。

婚約指輪と結婚指輪の調整には二週間はかかると言われたので、一緒に取りに行く約束を澄晴さんとする。結婚すると決めたのに、また会えることが幸せで堪らない。

「お腹空きませんか？　愛茉さんは何が食べたいですか？」

「私は……」

私は澄晴さんと一緒にお昼を食べようと思っていたが予定がずれ込み、急遽自宅で食べることになったので簡単に済ませてしまった。

軽めのものしか食べてなかったのでお腹は非常に空いている。ガッツリお肉系でもいけそうなお腹の空き具合だが、自分の口からは言えない。

「愛茉さんがせっかくオシャレをしてきてくれたのでホテルのレストランにでも行きたいのは山々なんですが、今からだと……時間的に厳しいかと思います。愛茉さんがいいならば、この近くにダイニングバーがあるので行きませんか？」

「はい、是非」

ジュエリーショップから駅とは反対方向に歩いていく。五分くらい歩いただろうか？　黒い壁の二階建ての建物で、ドアを開けて中に入ると薄暗い雰囲気の証明で照らされ、男女ペアの組み合わせが目立つ客層だった。私達は店の奥の角席に案内された。

「私、夜にこういうオシャレなお店に来たのは初めてです」

働いている店員さんの制服のシャツもパンツも上下を黒で揃えていて、更に長めのサロンを締めているのでより一層、スタイリッシュさを感じる。

「自分もです。……美味しそうな匂いがしますね。ステーキでしょうか？」

「ステーキのような気がしますね。あ、ラム肉のチョップもありますね。何にしましょうか？」

緊張しながら店員さんから手渡されたメニューを開く。茶系のメニューブックを使用しているようで、手書き文字風のメニューがオシャレさをアップしている。

オーダーするメニューを相談しながら二人で決める。

澄晴さんは肉と魚の両方を食べたいと言っていたので、牛のステーキと白身魚のソテーをオーダーする。その他にはサラダ、パスタ、ドリンクをオーダーして、一旦食べてから様子を見て再度のオーダーをすることにした。

「お疲れ様です、これからもよろしくお願いします」

「こちらこそよろしくお願いします」

お互いにノンアルコールのカクテルをオーダーし、乾杯をする。澄晴さんは急な呼び出しがあるかもしれないので、今日はノンアルコールにしておきたいらしい。私もお酒が飲めないわけではないが強くはないので、澄晴さんに合わせた。

他人行儀で余所余所しい私達だが、婚約して日が浅いので仕方ないと思っている。日を重ねる毎に深い関係になっていけたらいいなと願う。

「普段はコンビニ弁当やおにぎりとかですから、外食したとしても蕎麦屋とかです。オシャレな店に外食する機会もなくて色々調べていたのですが、同僚に見つかってからかわれました」

料理を待っている間に澄晴さんは身の上話を始める。

「私も父が厳しかったので夜は門限があって、このような素敵なバーには来たことがありませんでした。澄晴さんに連れてきてもらえてよかったです」

父は私が事件に巻き込まれたりしたらいけないなどと言い、いい大人になっても門限は十時だった。門限を超えて夜に出かけていいのは澄晴さんとのみ。

「門限のことは以前も言ったように警視総監から聞いています。二十二時を超えてもいいが、結婚までは二十三時には自宅に着くようにと念を押されています。……なので、気を付けますと答えました」

「もう、父は本当に心配性なんだから。澄晴さんにまで門限のことを言っていたのですね。堅苦しくてすみません……」

「いや、全然。寧ろ、警視総監は愛茉さんを大切に思ってるからこそ、未だに門限を設けているのでしょうね」

父は昔から時間と行動には厳しく、門限前に帰ってきても、職場の付き合いでほろ酔い気味で帰ってきただけで注意をされた。

自分だって飲んで帰ってくることもあったのになぁ……。厳しかったのは娘の素行も警察官の出世に関わるとか、その類かもしれないけれど。

「そうだとしても、……自由がないかも」

私は澄晴さんが相手なのにも気にせずにボソリと呟いてしまった。

「自由、ですか？　結婚後、愛茉さんは好きなことをして一日を過ごして下さい。私の帰りが遅い日も自宅で没頭できるような趣味もあるといいですね」

澄晴さんは私の呟きを聞き逃さずに拾う。私が返事をしようとした時にオーダーしていた料理が届いた。

「温かいうちにいただきましょう」

シェアできるようにと店員さんが用意してくれた黒塗りの菜箸で取り分けてくれる澄晴さん。手際がよく惚れ惚れする。

「先ほどの話ですが……、愛茉さんはガーデニングがお好きと言っていたのでマンションのベランダで育てるのはいかがでしょうか？　それなりの広さはあるので可能かと思われます。ゆくゆくは引越しするので、その時はガーデニングしやすい場所にしましょう」

「お気遣いありがとうございます。マンションのベランダでガーデニングもいいですね。将来は家庭菜園を作ってみたいです」

「それなら一軒家を購入するとか、屋上ガーデニングもよさそうですね」

一軒家も憧れるなぁ。屋上でハウスガーデニングもしてみたい。

「本当は地方都市辺りでのんびり暮らすのもいいんでしょうけど……。仕事柄、そうもいかなくて……」

「引越しの件はゆっくり考えましょう。子供が居ない分、二人だけなら部屋数は少なくて構わないですし」

　話を進めていくうちにオーダーした料理とドリンクが出揃った。私達はグラスをカチンと合わせて乾杯をした。

　ピンクグレープフルーツをベースにしたノンアルコールのカクテルは、酸味の中に程よい甘味が加わって虜になりそう。澄晴さんも同じ物をオーダーしたので、二人で美味しさを分かち合う。

「これから先は披露宴などのこともありますし、色々と忙しくなりますね。愛茉さんは憧れの式場とかはありますか？」

「式場ですか？　澄晴さんとお見合いするまでは結婚するなんて思ってませんでしたので、ブライダルフェアとか、ブライダル情報などは疎いのです。こ、今度……もしよろしければ……ぶ、ブライダルフェアとか、い、一緒に行きませんか？」

　私は自分から澄晴さんにお誘いを申し込むのが初めてで、緊張していたせいか話が途切れ途切れになってしまった。

「分かりました。愛茉さんが気になる会場があれば見に行きましょう」

　よかった。澄晴さんが即答してくれたので、私は胸を撫で下ろした。もしも、お断りされたらショックで立ち直れない。

「ありがとうございます。ブライダル雑誌などで情報を拾ってみますね」

一緒に住むのはまだ先になるだろうから、その前にできる限りは一緒に過ごしたい。

披露宴も私だけのモノではないから、二人で気に入った場所にしたいと思う。


澄晴さんにブライダルフェアに行きたいと告げた翌週、次の日曜日にいくつかの式場でブライダルフェアが開催されることを知る。

流石に急過ぎるかと思っていたのだが、とりあえず澄晴さんに伝えるだけ伝えようと思い、メッセージを送信しただけだったのだが何の躊躇もなく了解を得られた。

帰りに澄晴さんの実家にもお邪魔することも決定。お見合い以来、ご両親にお会いしていないので内心はドキドキしている。

ブライダルフェアに行くと決定してから、澄晴さんは仕事帰りに私の両親に結婚の挨拶に来てくれた。仕事帰りの澄晴さんも一緒に夕食を囲みながらのひと時。

母と共に夕食の支度をする間、澄晴さんの話題で持ち切りになる。

母は澄晴さんを芸能人やアイドルのような感覚で見ているのが丸分かりだ。そんな明城さんが、私の夫となり、義理の息子となることが嬉しくて浮かれている。

ブライダルフェアは、各ホテルが主催しているものを午前中と午後に一件ずつ予約ができた。明城家にお邪魔するのはブライダルフェアの帰りになり、結婚の報告もする。

「愛茉さん、先に言っておきますが……明城家は和倉家と違い、兄の子供達も居て騒がしいと思います。なるべく子供達には出てこないように言うつもりですが……」

「言わなくて大丈夫ですよ。それこそ、気にしないで下さい。お兄さんのお子さんに私も会いたいですし、仲良くなりたいです」

澄晴さんはブライダルフェアからの帰り道、車を運転しながら、そんなことを言ったが私は迷惑ではない。寧ろ、子供達と遊びたい。

お兄さんのお子さんは七歳と五歳だと言っていた。可愛い盛りの子供達に触れ合えるなんて滅多にないので楽しみが勝る。

澄晴さんが運転する車に乗り数十分、明城家に到着した。明城家は自宅付近に工場を構え、すぐに行き来できるようになっている。

【精密機器製造　明城工業株式会社】と工場の看板があり、少しだけ細い道を登り、高台にあるのが工場。通りすがりに拝見したのだが、広い敷地にある立派な建物が目に入った。

「おかーさん、すばるくんが来たよー」

明城家の敷地に車を停車してドキドキしながら降りる。庭で遊んでいた男の子が澄晴さんの姿を見つけた瞬間に家の中に入り、お母さんを呼びに行く。

「澄晴君、おかえりなさい。愛茉さんでしたよね？　初めまして、兄嫁の菜々子《ななこ》です。どうぞお入り下さい」

「はい、和倉愛茉と申します。お邪魔致します」

心臓がドキドキを通り越してバクバクする。出迎えてくれたのは澄晴さんのお兄さんの奥さんだったのだが、先ほどの息子君は陰に隠れてしまった。お母さんの後ろに居たのが分かったので手を振るも、ぷいっとして居なくなってしまう。嫌われちゃったかな……。

「愛茉さん、ようこそいらっしゃいました。澄晴との縁談がまとまったと聞いて、私は嬉しくて……」

澄晴さんのお義母さんは涙目で伝えてくる。息子である澄晴さんの縁談がまとまったことが心底嬉しいのだろう。

お見合い以来だけれど、やはり澄晴さんとお義母さんはよく似ている。改めて見比べてみると二重の目と口元が似ていて、澄晴さんが女性に産まれていても、美人さんだっただろう。

居間に案内され、長方形の大きなテーブルの上には桶に入った個別に盛られたお寿司や舟盛りの刺身が並んでいる。更には揚げ物の盛り合わせに煮物などもある。

澄晴さんと結婚の報告をした後、豪勢な料理を目の前にお義母様は泣き出してしまう。そこに先ほどの男の子がティッシュケースを差し出し、お義母様が「ありがとう」と言って受け取っていた。

「愛茉さん、これから澄晴をよろしくお願い致します。澄晴は兄と違い、勉強と仕事ばかりで結婚に興味がなさそうだったので安心しました。そのうち孫の顔も見られそうだし……」

お義母様はティッシュで涙を拭きながら、本当に嬉しそうに話す。

「狭くて窮屈な家ですが、ゆっくりしていって下さい。母さん、泣いてないで乾杯しよう」

「そうね、そうしましょう」

お義父様がお義母様に声をかけて、乾杯する流れになった。乾杯した後に家族の紹介をしてもらい、私も自己紹介をする。

「母が物凄く、愛茉さんを気に入っています。それから、妻の菜々子とも仲良くしていただけたら嬉しいです」

「こちらこそ、よろしくお願い致します」

澄晴さんのお兄さんの晴人《はると》さんの容姿は澄晴さんとよく似ている。落ち着きがあり、声の高さも似ていた。奥さんの菜々子さんは気さくな人で色々と話しかけてくれる。

菜々子さんに隠れていた男の子は弟で、上の子は女の子だった。男の子の名前は光《こう》輝《き》君、女の子は風花《ふうか》ちゃん。風花ちゃんは私の傍に来て一緒に食事を楽しんだのだが、光輝君は人見知りをしているのか来てはくれない。

「澄晴君のお嫁さんはメロン好き？」

「メロン？　メロンは甘くて美味しいから好きだよ」

「でしょー！　わたしも好きだからおばあちゃんにデザートにしようって言って買ってもらったの。こうきは苺が好きだけど、メロンにしたから泣いたー」

「そうなんだ。苺も美味しいよね」

光輝君はお母さんの傍を離れずにずっと抱っこをされている。しかし、その間もチラチラと私の方を見ては気にしているようだった。

「光輝も愛茉ちゃんの近くに行く？」

そのことに気付いた澄晴さんのお兄さんは光輝君に話しかける。私も光輝君に向かって、おいでおいでとすると、渋々来てくれた。

「ふうちゃんがえまお姉ちゃんはメロン好きだから、いちごはダメって言ったの。こーくんはね、いちご食べたかったのに」

光輝君が来てくれたと思ったら、そんなことを教えてくれた。苺が食べたかったのに風花ちゃんには勝てなかったのか……。私も兄に言いくるめられたりしてたから、その気持ちは充分に理解できる。

「えまお姉ちゃんはメロン好きって言ったもん。風花、悪くないもん！」

「っふぇ、……こーくんは苺食べたいもん……っひっく」

風花ちゃんがムキになってそう言うと、光輝君が泣き出す。お兄さんが注意しようとした時に澄晴さんが光輝君をヒョイと持ち上げて立ち上がる。

「光輝、苺買いに行こう。風花も行くか？」

「行く！　えまちゃんも行こ！」

風花ちゃんは元気よく右手を上げて返事をして、私の手を引っ張る。

「澄晴はまた光輝を甘やかして……。買い物に行った時にどっちにしようか？　ってジャンケンして決めさせたのに。光輝は諦められなかったのね」

お義母様はその姿を見ては溜め息を吐く。

「弟同士にしか分からないよなー、光輝」

「うん！」

光輝君はどういう意味かは分かっていなそうだったが返事をして、玄関先で澄晴さんの腕から降ろされて自分で靴を履いていた。

私達は近くのスーパーまで歩いていくことにした。薄暗くなり、見通しはあまり良くない。

光輝君は澄晴さんに肩車をされ、風花ちゃんは私と手を繋いで歩く。

「愛茉さん、ごめんなさい。付き合わせてしまって……」

「ううん、いいんです。こうやって光輝君と風花ちゃんとお散歩しながらスーパーに行けることが幸せですから」

風花ちゃんは光輝君のことや、学校の話や両親の話を沢山してくれる。女の子はおしゃべりでとっても可愛い。光輝君は照れながらも私に近寄ってきてくれて、キュンキュンしてしまう。

澄晴さんとの子供が産まれたら、こんな風に買い物に行ったりするのかな？　そんなことを考えていると顔が緩んできてしまう。

そう遠くない未来に叶うといいな。

しかし、どことなくだけれど……澄晴さんは余所余所しい感じが否めない。

きっと、お互いの性格をまだ知らないからだよね。私は勝手にそう思うことにする。

お見合いの際に澄晴さんが言っていた『温かい家庭を築いていけたらいいなと思っています』という言葉を信じたい——

三、決意

結納から披露宴まで三ヶ月という異例のスピードで済ませ、澄晴さんとの関係は戸籍上では夫婦になった。

婚姻届も二人で提出しに行き、私自身の荷物も澄晴さんから鍵を預かり、引越し屋さんにお願いして指定された部屋に運ぶ。

今日からいよいよ、澄晴さんとの二人きりの生活が始まる。細々とした必要な買い物も済ませ、あとは引越しの荷物を荷解きして新しく購入した家具を待つのみ。

澄晴さんは一人暮らしだけれど、２ＬＤＫの部屋に住んでいる。広々としたリビングにカウンター付きのダイニングキッチン、その他に澄晴さんの寝室と空き部屋が一室。浴室を覗いてみると、ゆっくりと足を伸ばして入れる浴槽。オシャレな洗面所。

私は今日からこの場所で澄晴さんと共に暮らすんだと思うと、胸が熱くなる。

仕事から帰ってきた澄晴さんに深々と頭を下げて挨拶をする。

「澄晴さん、今日からよろしくお願いします。明日の昼間に私物のドレッサーなどの家具が届きますから、合間を見て荷解きしていきます」

ドレッサーと姿見は新調し、明日届くように手配済みである。

澄晴さんに以前話したように私は専業主婦となって夫を支えたいのだが、人手不足のために今すぐには仕事を辞められなくなってしまった。引越しなどもあるため、一週間ほどの有給を申請した。年内いっぱいで辞められるように交渉中。

勿論、澄晴さんに思いもよらないピンチが訪れた場合は働きに行くと決めている。

「分かりました。あと、愛茉さんに一つお願いがあります」

「はい、何でしょう?」

何の疑いもせずに聞き返したが、その答えはとんでもないものだった。

「寝室は別々にしてくれませんか?」

「え……?」

思わず耳を疑った。新婚なのに寝室が別だなんて、想像していた新婚生活とは違う。

思い返せば、部屋を見せてもらった時に私の部屋だと言われた場所にはベッドがなかった。当然、澄晴さんの部屋で一緒に寝るのでベッドが一つなのだと思っていた。

「本部長に成り立てで神経も過敏になっていますし、帰りの時間も遅かったりしますので。しばらくは別の部屋でお願いします」

淡々と話した彼は、心做しか冷たい表情だったような気がする。

「分かりました。……お仕事はくれぐれも無理しないで下さいね」

聞き分けのいい振りをして返答する。

「愛茉さんのベッドは明日届きます。今日はソファーで寝るので、愛茉さんは俺のベッドを使って下さい」

私はただ、「……はい」とだけ返事をした。

今日は引越し初日で買い物や食事の支度をする時間がなかったので、澄晴さんが仕事帰りに購入してきてくれたお弁当で夕食を済ませる。

あんなに優しかった澄晴さんが豹変したかのように自宅では話をしない。外でのデートはとても楽しくてドキドキしたのに、今はただ寂しさに包まれている。

翌日の午前中に引越し屋さんが母と共に現れたが私の荷物は２ＬＤＫの空き部屋へと運ばれた。午後からは澄晴さんが予めオーダーしてくれていたダブルベッドとクローゼット用の家具が部屋に設置される。少し遅れてドレッサーと姿見が届く。

母には澄晴さんが私専用のお部屋を用意してくれたと誤魔化し、何も悟られないようにした。

夕方、早めに帰宅した澄晴さんに引越し作業は無事に終わったことを伝えたのだけれど、彼は調べ物があるとかで部屋に籠ってしまう。

その間に私は夕食を用意し、澄晴さんに声をかけると少し間を置いてから部屋から出てきた。

「引越しにちなんで温かいお蕎麦にしてみました。大葉が上手に揚げられなくてごめんなさい」

「いえ、そんなことはないです。いただきます」

温かい十割蕎麦には海老天と大葉といんげん豆の天ぷらをのせる。澄晴さんには海老天二本、私はそんなに沢山食べられないので一本にした。

「澄晴さん、改めましてよろしくお願いします」

「こちらこそよろしくお願いします」

私から改まった挨拶をして、澄晴さんもそれに応えてくれる。

澄晴さんは特に会話をするわけでもなく、静かに食事をしていた。

私が話さなければ、このままずっと……沈黙したままなのだろうか？

「澄晴さんが食べたい物とかあれば、いつでも言って下さいね。できる範囲で頑張って作りますから」

私は勇気を出して、沈黙を打ち破る。食べ物の話題ならば、当たり障りがないので応えてくれるよね？

「……一緒に生活をするにあたって、ルールを決めませんか？」

それは私が思っていた返事とは違う、想像していなかったものだった。

「ルール、ですか？」

何故、新婚なのにルールを決めるのだろう？　何のルールなのだろうか？

「仕事が遅くなりそうな時や急遽、泊まりになりそうな時は連絡します。万が一、手が離せなくて連絡できない時は二十時半を過ぎたら、俺を待たずに夕食をとって下さい」

仕事柄、不規則な場合もあるので、そういうルール作りならば仕方がない。

でも、私はルールなんてない方がいい。

「私は澄晴さんが帰るのを待ってますよ」

「いや、結構です。お互いに仕事もあるのですから負担にならないようにしましょう。風呂も先に入ってしまって構いませんので」

よかれと思って意見したのだが、澄晴さんの返答は突き放すようなものだった。待たれても迷惑だというようなニュアンスな気がする。

「それから、クリーニングは今まで通りにマンション内にあるクリーニング店に自分で出しに行きますからご心配なく」

「……はい」

もう余計なことを口走るのは止めよう。きっと澄晴さんは自分のルーティンを崩されたくないのだ。

結婚生活二日目、今日こそは元通りの関係になるかと思えば初日よりも下り坂。食事を済ませた澄晴さんは美味しいとも美味しくないとも言わず「ごちそうさま」とだけ言い残し浴室へと消えた。

私は小さな溜め息をつき、想像していた幸せな結婚生活はいつ訪れるのだろうか？と思う。

ずっと、このままなの？

そんな予感は的中し、幸せな日々などは訪れることはなかった。

三日目も四日目も一週間後もずっとこのままだった。澄晴さんは私の両親の前では気のある素振りを見せるが、二人きりの時は私にあまり興味を示さない。

作った手料理は残さず食べてくれるし、お弁当も欠かさずに持っていき、残さずに綺麗になくなっている。

私が聞いたことに対しては答えてくれる澄晴さん。しかし、澄晴さんからは私の身の上話は聞いてこない。次第に用事がある時にしか声もかけてもらえなくなった。

澄晴さんは結婚などしたくなかったのではないか？　父が無理矢理に事を進めただけなのだろう。

私に対してあくまでも紳士的な態度を取っているが、そこに恋愛感情があるわけではなさそうだ。好きだとか愛しているだとか、そんな言葉も一切ない。

今思えば、教会での誓いのキスも触れているか触れていないか分からなかった。澄晴さんはもしかしたら、寸止めしたのかもしれない。あの時は緊張もしていたし、あれでも嬉しさで一杯だったけれど、何故、気付かなかったのだろう？

デートをしても手も繋がないし、キスも一度もしたことがなかった。どちらも結婚前にしなくてはいけないという決まりはないが、しなかったことを疑問に思っていれば——

ドキドキしていた初夜も別々の部屋で寝た。

澄晴さんのベッドを借りたのだが、大好きな人の匂いがする布団をかけても悲しいだけで涙が滲んでくる。壁一枚の隔たりの向こうに大好きな人が居るのに、手も触れられない。近くて遠い、そんな感じ。

新婚旅行も澄晴さんには後ほどと言われたが行く気配もなさそう。お互いの両親にも忙しいから今は行けないんだ、と誤魔化している。

この先の結婚生活はどうなってしまうのだろうか？　不安でしかないのだった。

「澄晴さん、今日の夕飯は何がいいですか？」

「……愛茉さんが食べたい物で構いません」

『行ってきます』の挨拶もなく、靴べらを使って靴を履き、玄関を出ていく澄晴さん。

出勤する時に毎朝、声をかけているのだが具体的な答えを返してくれない。

昨日は、お弁当の中身について、その前は休みの日に食べたいお昼について。仕事が忙しい澄晴さんに私がしてあげられることは、家事を完璧にこなして、尚且つ美味しい食事を作ること。

自宅の中の繋がりはそれだけしかないのに……それすらも、どうでもいいような態度を取られている。

結婚してから一ヶ月間、全く相手にされず、寂しい日々を送っていた私。

毎日のように帰りが遅い澄晴さんを毎晩待ち続けたが、連絡もないままに帰宅しない日もあった。そんな時は待ちながら、ダイニングテーブルに突っ伏し椅子に座ったままで寝てしまう日もある。

今日も夕食を作り終えたが、二十一時を過ぎても澄晴さんは連絡の一つもなく、帰宅する気配がない。

警察官だから事件が解決しなければ忙しいのは当たり前。警視総監の父も帰宅しないことなど日常茶飯事だった。

土日も毎週が仕事なわけではないだろうが、ほぼ自宅には帰らずに不在気味。稀に居たとしても、自分の部屋に篭りきり、私は一人で過ごしていた。

ただ毎日のお弁当だけは朝に受け取り、帰宅した際には綺麗に残さずに食べられている。時間のある時は洗ってくれている時もあった。お弁当はどんな気持ちで持っていってくれてるのだろう。私の押し付けで本当は迷惑だったのかな？

新調してくれた真新しい私のベッドは、セミダブルでただ広いだけ。澄晴さんが以前、自分の車のことをそのように言っていたが、本当にそんな感じ。一人で使うには広過ぎる。

唯一の癒やしと言えば、澄晴さんがお土産に買ってくれたクラゲ達だけ。いつも子供みたいにクラゲ達を抱きしめて眠る。

澄晴さんの立場が悪くなるからと実家には言わないつもりでいたのだが、限界が来てしまう。

澄晴さんが自分を見てくれていないことに気付いた私はストレスが溜まり過ぎて、ついにボロボロと涙を流す。頬を伝う大粒の涙が床に落ちていった。

こんなに冷たくされるならば、離婚したい。そう思うようになる。

実家からは『可愛い孫が欲しい』と言われていたが、一度たりとも私に触れようともしない澄晴さん。本当は、初めから興味すらなかったのかもしれない。

私は澄晴さんの真意に気付いてしまった。

澄晴さんが私自身に興味はなく、私を利用して警視総監になりたかっただけ。

我慢の限界が来てしまい、居ても立っても居られなくなった私は自宅を飛び出すことにした。

実家に住んでいる時は自分の部屋で一人で過ごすことは当たり前で、やるせなさや寂しさなどを感じたことはない。しかし、澄晴さんに与えられた自分の部屋は静まり返っていて、とてつもない寂しさを誇張している。

泣きながら洋服類や必要最低限の必需品をボストンバッグの中にポイポイッと投げ捨てるように詰めていく。そう遠くない未来に引越しするのだから、今は二泊分くらいの手荷物で充分だと思った。

クラゲ達も一旦はボストンバッグの中に詰めたのだが、そっと取り出す。ごめんね、大好きだったけれど……君達はどうしても連れて行くことはできない。そう思い、ベッドサイドへと並べる。

玄関の扉を閉める前にリビングのガラステーブルの上に、ケースに入れた婚約指輪と結婚指輪を置く。

澄晴さんが選んでくれた婚約指輪、一緒に選びに行った結婚指輪。どちらも思い入れのある指輪で結婚式当日に澄晴さんが重ねてつけてくれたこともいい思い出だ。けれど、そんな思い出が沢山詰まった指輪だからこそ、手放さなくてはならない。

ボストンバッグ一つで自宅を飛び出した私は、しょんぼりと肩を落としながら歩道を歩く。二十一時を過ぎているため、辺りは街灯だけで薄暗く他人ともすれ違わない。

どうせ、私が居なくなっても澄晴さんは動じないだろう。

私は澄晴さんに恋をしているから毎日がドキドキして、一緒に過ごせる日々の中で新しい発見がある度に新鮮な気持ちになった。

澄晴さんはその真逆で私と過ごす日々が拷問のように辛く感じていたのかもしれない。

涙を瞳に溜めながらトボトボとゆっくり歩いていると背後から「おねーさん、一緒に遊ばない？」と二人の男性に腕を掴まれる。

胸の中が締め付けられるほどに切ない気持ちが込み上げていて、背後に誰かが居るだなんて気付きもしなかった。気付きもしないほどに私の心は傷ついていて深い闇の中に居たようだ。

大通りに出ようとしていたのだけれど、今歩いている道は人通りが多くなく、周りに通行人は見当たらなかった。

「離して！」と言っても、そう簡単には聞き入れてはもらえない。

「おねーさん、こんな人通りの少ない道を夜に一人で歩いて、どこに行くつもりだったの？」

「じ、実家に帰るんです！」

「えー、実家？　旦那さんとなにかあったの？」

咄嗟に真面目に答えてしまったが、無礼な人達に対して何一つ答える必要なんてなかったのかもしれない。

「もうすぐ連れの車が迎えに来るから送って行ってあげようか？」

勝手な判断になるが、男性達は話し方からして若者だろう。舌っ足らずの話し方が妙に気に障るし、お酒の匂いがするので酔っているのかもしれない。

私はね、今、超絶に機嫌が悪いの！　もう私の結婚生活は終わったんだから、これ以上みんな邪魔しないでほしい。

「分かりました。では遠慮なくお願いします。バッグが肩から下がってしまって痛いので、右の方の腕だけ私から離していただけませんか？」

私がお嬢様のような柔らかい口調で語りかけると、右側の一人が腕を放してくれた。

「ごめんね、痛かったよね。乱暴したりするつもりはないから許して～」

馬鹿な人。でも素直に信じてくれたから、ここから先は私のペースに巻き込む。

「ふふっ、ありがとうございます」

最大限の笑顔を振りまいてから、私の腕を掴んでいた左側の男性の腕を力ずくで離し、ボストンバッグを咄嗟に道路に置く。

小内刈りからの背負い投げならいけそうかな？

相手が体勢を崩した隙に素早く股下に足を入れて引き手を左斜め方向に力強く引いた。柔道の技で一人を投げ飛ばすのに成功。久しぶりだけれど感覚は鈍ってなかった。

「痛てぇ……！」

「おいおい、何してくれてんだよ！」

一人はアスファルトの地面に叩きつけられたため、腰を打って痛くて立てないらしい。

もう一人の男性も自分の友達のために私に襲いかかろうとしたが、私の方が一枚上手だったようだ。気分が晴れなくてスッキリしないので、先ほどみたいに当たり散らすように思い切り投げ飛ばした。

貴方がたに八つ当たりしてごめんなさい。心の中でだけ謝っておく。二人は痛みのためか、未だに動くことはできないようだ。

逃げるならば今しかない！　二人を置き去りにして立ち去ろうとした時、背後から車のライトに照らされた。

もしかしたら仲間が来てしまったのかもしれない……と思い振り向いて確認をしようとした。振り向きざまに眩しいと思ったのも束の間、停車した車から降りてきたのは澄晴さんだった。

「大丈夫か？」と車から駆け寄ってくる澄晴さん。方向的に帰宅する途中だったのかもしれない。

投げ飛ばした場面を見られた？　そう思って、内心焦り始めた。

しかし、私達は冷めきった関係なのだから……見られてても関係ないとも思い始める。

男性二名は現役警察官である澄晴さんに厳重注意をされ、腰を擦りながらヨロヨロと歩いていった。

「愛茉さん、早く乗って」

突然の出来事に挙動不審になってオロオロしていた私に澄晴さんは低い声で告げた。家出をしようと企んでいたが、彼の車に乗せられてしまう。

車内での澄晴さんは無言だった。私がボストンバッグを持って夜道を歩いていたことも何も聞かない。柔道の技で二人を撃退したことだって完全に嫌われているから興味もないし、そんなことはどうでもいいのだろう。

現在の静寂な時間は、自宅で無視されるよりはマシだ。外の景色を見ていれば言葉なんて発さなくても時間は過ぎていくもの――


車内では無言だった私達。

車を降りてからも一切話してはいない。自宅マンションに着き、玄関の扉を開けると私はボストンバッグを持って真っ先に自分の部屋に向かおうとした。

部屋の扉に手をかけようとした時、澄晴さんがやっと口を開き沈黙を破った。

「夜遅くに一人で出歩いていたようだが、一体、何をしようとしてたんだ？」と低く冷たい声で問われる。

私は部屋の扉を開けながら、「澄晴さんにお話があります」と澄晴さんの顔も見ずに伝える。

この際だから、と私は鬱憤を吐き出すことにした。明日には他人かもしれないのだから、もう苦しまなくてもいい。

可憐で聞き分けのいいお嬢様を演じていた私だったが、そんなことはどうでもよかった。どうせ愛されないのならば素の自分を見せても関係ない、と思い始めた。

「聞いていただけますか？」

吹っ切れた私は笑顔を貼り付けながら問いかける。

「……勿論」

澄晴さんは少しだけ間を置いてから小さな声で呟いた。私は澄晴さんの返答を聞いた後、リビングへと移動する。

いつもならば澄晴さんが仕事から帰ってきたらそそくさと駆け寄り、着替え始めた彼からスーツとネクタイを受け取ってクローゼットにかけるのだけれど、今日はしないことにする。とにかく今は話をすることが先決。

リビングのガラステーブルの上には指輪のケースが変わらずに二つ並んでいた。

「結婚してからずっと……自宅では一人ぼっちのような気がしています。結婚する前は優しかった澄晴さんが何だか冷たく見えてしまい、私には耐えられませんでした。澄晴さんが私を見てくれてないのが辛くなり、実家に帰ろうと思いました」

キッチン側のダイニングテーブルに澄晴さんと対面に座って、淡々と話し出す私。そんな私の話を何も言わずに無表情で聞いている澄晴さん。

「帰りが遅くなる時や泊まりになるのは仕事上、仕方ないと思っていますが……メッセージで一言でも連絡をくれれば、夕食も無駄にならずに済みましたし、私も夜中まで待たなくて済みました」

今まで溜め込んできた暗く澱んだ胸の内をさらけ出してスッキリしたい。

「翌日の朝に澄晴さんの分は食べたりしてましたが、それでも残り物が出る日もあります。結果、食べ物も無駄にしてますし、私も寝不足でクマができてしまいました。それから、警視総監を目指すために私と結婚したことも何となく気付きました」

待ってなくていい、と澄晴さんから言われたのは覚えている。……けれども、仕事を終わらせて帰ってくる澄晴さんよりも先に夕食を食べることなど私にはできなかった。

嫌いだから反論もしないのか。一切、彼は口を開かない。

「父には私の我儘だと伝えますので、私と離婚していただけませんか？」

大好きだったけれど、もう限界なの。

大好きな人と結婚できて一緒に生活している。そんな奇跡が現実に叶っているのに、これっぽっちも幸せに感じられなくなった。それならばいっそのこと、離れた方がいい。

離れればお互いに苦しまないで生活できる。澄晴さんだって、嫌いな私と生活しない方が日々のストレスが緩和されるから。

「本気で言っているのか？」

冷たく低い声で私に向かって放つ言葉も泣きたくなるほどに辛いけれど、もうどうでもよかった。

「本気です」

「考え直すつもりは？」

「……ないです」

私の意志は固い。何度同じことを言われても、今の私の意志は揺るぎはしないだろう。

「俺は……離婚は避けたい」

今更、どの口が言ってるのだろう。やはり、出世するためには警視総監の父には嫌われたくないのね？

離婚してしまったら、少なからず影響はあるかもしれない。それを気にしているのだとしたら……。私の中にあった澄晴さんの人物像がぼやけていく。

一緒に生活するのが辛いので私から身を引きたい。いっそのこと、貴方のことを嫌いになりたい。

「はぁ……。離婚したくないのは警視総監の父に嫌われたくないからですか？」

率直に気持ちをぶつける。

「そういうわけではない」

「ならば、どうして承諾して下さらないのですか？」

問いかける声がつい大きくなる。澄晴さんは答える気がないのか、黙ったままだ。

「私は幼い頃から父に柔道を勧められて道場に通ってました。警察官になりたかったけれど母に反対されてやめましたし、学生時代には女らしくないからって恋人に振られました」

顔色一つ変えない澄晴さん。

私の話をどんな気持ちで聞いているのだろう？

「……なので、それからは女らしくしてきたのに、大好きな人にも振り向いてもらえないし、私の人生って何なのかな？　と思います。……もういい加減、他人が決めたレールの上を歩く人生はやめにしたいんです！」

何も言ってくれないなら、私から別れを切り出すしかない。

時間だけが過ぎていくのは辛いだけなの。

「だから離婚して下さい！」

私は大きく溜め息をついた後に、もうどうにでもなれと本性をさらけ出しながら感情的に話した。

今までは誰の意見にも反発せずにしおらしく過ごしていた私だったが、今回ばかりは留まることができなかった。

自分自身を主張する私に呆気にとられている様子の澄晴さん。どうして何も言わずに黙っているの？

「澄晴さん、私の話を聞いてましたか？」

私はずっと黙っている澄晴さんの顔色を窺うように訊ねる。何も答えが返ってこないので、私とは話し合いをする価値もないのかとさえ思ってしまう。

「あぁ、聞いてたよ。女性らしい愛茉さんが急に豹変したから唖然としてただけ。そうだ！……っふ、あのさ」

一通り、私の話を聞いた澄晴さんが突然、吹き出して笑う。さっきまでの仏頂面とは打って変わって、私に向かって笑顔を向けた。

「さっきは綺麗に技が決まって素晴らしかった。尊敬に値する」

まるで思い出し笑いをしているかのようにクスクスと肩を震わせながら笑っている。

決死の覚悟で離婚を提案したのに、私は拍子抜けしてしまった。

「み、見ていたならば、早く助けてくれればよかったのに！」

「車で通りかかった時、夜道で女性が男に絡まれていると分かったんだ。男に逃げられないようにそっと車を停車しようと思った時に愛茉さんだと気付いた。そしたらちょうど男を投げ飛ばしたのが見えたから」

要するに助けに入ろうとしたその女性が私だと気付いたタイミングで、私が柔道技を繰り出したところを見てしまったのか……。

「相手は酔ってましたし、しばらく柔道を習っていなかったとはいえ私は黒帯なので、投げ飛ばすことはできました」

「愛茉さんは華奢な体つきをしているのに黒帯か。確かに腕や足の筋肉は細いながらも、適度についているなとは思っていた」

いつの間に観察されていたのだろう？

「……えぇ、ある程度は体重差も関係はあるかとは思いますが、後は技のかけ方で何とかなりました」

柔道をしていて肩幅がガッチリしているのが嫌だったので、スッキリほっそり見えるように努力した。筋肉は使わなければ落ちていくということを参考に試行錯誤しながら華奢な体つきを目指した。

「流石、警視総監の娘だけあるな。……実は俺、男に頼ってばかりの女性が昔から苦手だったんだ」

澄晴さんは澄晴さんで、学生時代にトラウマがあったみたいだ。

「詳しく話を聞いてもいいですか？」

私は誠実に向き合ってくれない澄晴さんに対して腹を立てていたのだが、もっと知りたいと思った。

「近寄ってくる女性は何かと男性にすがるタイプだった。最初は健気に接して、自分を立ててくれていたが、好意を表に出した途端に我儘し放題だったり、相手の自分勝手さが浮き彫りになった」

そうなんだ。でも、私は澄晴さんにすがっていたわけでもないし、我儘を言ったつもりもない。見かけだけで、何にもできない我儘なお嬢様だとか思われていたのだとしたらショックだなぁ……。

「年上の女性と付き合っても何だか違うと感じていて、結婚すら眼中になくなってしまっていた。年上の女性は手作り料理を振る舞ってくれたりしていたけど、他に経済力のいい男性が現れた途端に音信不通になった」

容姿端麗だから、きっと沢山の女性に言い寄られてきたのだろうなぁ。年上とも付き合ったことがあるのは意外だった。

「結局は好きだったと言うか、結婚相手が見つかるまでの繋ぎか、アクセサリーとしか思われてなかったのかも……」

もしかしたら、澄晴さんが本気で好きになった人なんて、今までいなかったのかもしれない。

「結婚したくない……とまでは思ってなかったが、そこまで好きになれる女性に出会えなかったし、警察官になってからは恋愛する暇なんてなかった」

そうか……。だから、澄晴さんは独り身で彼女も居なかったのか。澄晴さんほどの容姿とキャリアならば結婚していてもおかしくないし、彼女が居てもおかしくなかった。

お見合いの時点では私は舞い上がっていたので何も気付けなかった。上辺ばかりに捕らわれて、私も澄晴さん自身を見抜こうとしてなかったのかもしれない。

「実は愛茉さんもそのタイプに見えていた。それに、愛茉さんが言う通り、警視総監の娘だからこそ結婚を了承したんだ。自分が警視総監になるまでの踏み台としか思っておらず、結婚してからは手を出さないと決めていたので部屋を別々にした」

薄々と勘づいてはいたことだったが、本当に踏み台としか考えてもらえてなかった。実際にそれを聞くと心の中が真っ暗になる。

「澄晴さんの……お気持ちは……分か、りました。もう一緒にな、んて……いられ、ない……」

頬を涙が濡らす。澄晴さんの言葉が胸に刺さったみたいに心が痛い。

「愛茉さん……！」

ガタンッ……！

澄晴さんが勢いよく立ち上がり、椅子が後ろに倒れた。そんなことはお構いなしに澄晴さんはこちらに回り込み、私の隣の椅子に座った。

「ごめん、俺が悪かった！　泣かすつもりはなかったんだ」

「今更、謝られ……ても困、ります……」

積もりに積もった負の感情がことごとく吐き出され、嗚咽が出て子供みたいに涙が止まらない。

「とにかく泣き止むまで待ってるから。落ち着いたら話をしよう」

澄晴さんはそう言った後にハンカチを私に差し出し、キッチンに行くと電気ポットでお湯を沸かし始めた。私はハンカチで涙を拭いて、音を立てないように静かに鼻をかんでゴミ箱に捨てる。

実家まではタクシーで向かおうとしたため、大してメイクもしてなかったので顔はスッピンに近かった。泣きじゃくってしまい目が腫れぼったくなっているかもしれない。

けれども澄晴さんに今まで見せていた偽りの自分から、素の自分をさらけ出してしまったので、もう何も怖くはないのだ。

久しぶりに話ができたが嬉しいとか、優しいとか思ってしまったら負け。

一ヶ月もの間、冷たくされたのに、ほんの少し優しくされただけで澄晴さんを許したら駄目。いや、あんなにも冷たくされたからこそ、優しさが身に染みてしまうのかもしれないが……。

そう心の中で思った時、こちらに戻ってきた彼が私に声をかけた。

「はい、苺の果肉入りの紅茶」

澄晴さんから差し出されたティーカップからは苺の甘い香りが漂っている。

この紅茶はフレーバーティーではなく完熟した苺や桃などを細かく切ってドライフルーツにしたもの。苺がメインのノンカフェインのフルーツティーである。SNSで一目見てから、フルーツが大好きな私には堪らなく気になっていた存在だ。まさか、澄晴さんからいただけるなんて思いもよらなかった。

「いい香り……！」

甘い香りに包まれて私の心も癒やされていく。遠慮なくフルーツティーに手を伸ばして口に含むと幸せな気分になった。

「職場の女性達が仕事の合間に飲んでいたんだ。随分と甘い香りがするから聞いてみたら愛茉さんが好きそうだな、と思った」

彼はスーツのポケットからフルーツティーの入っている茶色い小袋を取り出した。それをティーカップの横に置き、キッチンに自分のコーヒーを淹れに行く。フルーツティーの香りはドリップコーヒーの香りにも負けない強さを持っている。

「今度、一緒にフルーツティーのショップを見に行かないか？」

澄晴さんは再び私の隣に座り、私の方に身体を向けて話をする。右斜め上から澄晴さんの声が耳に入り、心拍数が上がる。

こんなに近いのは結婚式以来だ。それよりも何故、急接近してきたのだろうか？

「教えて下されば一人で行けます。私とは要件しか話してくれないのに、職場の女性とは仕事以外の話をするんですね……」

結婚したとはいえ、私は特別なんかじゃなかった。職場の女性の方が澄晴さんと普通に会話ができて羨ましい、とさえ思う。

涙が止まったのはいいが、素直じゃない私は澄晴さんに素っ気ない態度を取ってしまう。本当の気持ちは舞い上がるほどにお誘いが嬉しいくせに、自分から折れてしまうのは非常に悔しい気持ちもある。

今までの寂しかった時間を埋めることなど容易いことではないのだと澄晴さんにも知ってほしい。離婚されたくないからといって手の平を返されても困る。

「愛茉さんは強情だな。……とにかく、フルーツティーのショップにも一緒に行くし、離婚もしたくない。今から大事なことを言うから、ちゃんと聞いて」

澄晴さんはテーブル上にある私の右手に左手を重ねて、私が逃げられないようにした。

「俺は君をよく知ろうともせずに、愛茉さんが他の女性達みたいに俺を表面上でしか見てないと自分に暗示をかけてしまっていた」

実際に私もそうだったと思う。自分が振り向いてもらえないと思うばかりで、向き合おうとしなかった。

「私は大好きな人と結婚できたということだけで舞い上がっていました。もっと早くに澄晴さんとお話しすればよかったのですが、今まで通りにお弁当や食事の支度を頑張ったら、結婚前のような笑顔を見せてくれるかなと……」

澄晴さんが本音で話してくれているので、私も逃げずに吐き出す。

「毎日、弁当や食事の支度をしてくれていて健気だと思っていたし、ありがたいと思っている。……しかし、愛茉さんの気持ちも本当に伴っているのかも分からずに、政略結婚のようなことをしてしまって、今更どうにもできなくて、もがいていたのも確かなんだ」

つまり、澄晴さんは何を言いたいのだろう？　私は疑問符しか浮かばない。

「警視総監にお見合いの話を持ちかけられた時、俺は結婚なんて考えてなかったけれど、周りに囃し立てられて、渋々お見合いをしたのが始まりだった。結婚すれば警視総監への近道になるかな？　程度に思っていた自分は本当に最低だな」

澄晴さんは俯きながら、胸の内をさらけ出す。俯いている澄晴さんのまつ毛がより一層、長く見える。自分にとって不利益な話をされている間も、澄晴さんから目が離せない。

「そんな始まりだったけど、愛茉さんを知っていくうちに以前付き合った女性とも違っていて、傷つけたらいけないと思い始めてたんだ。きっかけがなくて……君を苦しませるようなことをして、本当に申し訳なかった」

澄晴さんは一通り話し終えて私の顔を見る。視線が合った私達だったが、私はそっと逸らした。

澄晴さんの心の内は充分に理解したつもり。しかし、何故、結婚前のデートの時はあんなに優しくしてくれたの？

「……好きじゃないのに、あんなにデートの時に優しくできるのですか？」

これ以上、傷つくことはないと思うので澄晴さんの心の奥底にある本音をもっと探ってみたい一心で問いかける。

「あの時は……好きとかじゃなくて、何だろう……。妹？　みたいに接していたのかも」

年齢も七歳差だから、妹に思われても仕方ない。妹だと思えば、優しいお兄ちゃんも演じられるわけか……。

「妹と思われているなら、これからも結婚生活なんてできないですよね？　私は澄晴さんをお兄ちゃんだなんて思ったことはないですし、初めて会った時から一人の男性として想いを寄せていました」

可愛げがないかもしれないが、私は断言した。それは結婚前にも伝えた言葉。

私が告げた言葉に、澄晴さんは下を向いて黙る。

「愛茉さんの健気さに薄々惹かれていたけど、苦手な女性像が邪魔をして、妹みたいに思い込もうとしていた。本当はずっと、一途で可愛くて、俺に沢山の愛情を注いでくれる愛茉さんが好きだったのかも」

澄晴さんは真剣な眼差しを私に向けながら、愛を囁く。

「え？」

「これから先、愛茉さんをもっと好きになると確信してる」

何の根拠があって、そう言っているのかは分からない。

「澄晴さんは覚えてますか？　私が澄晴さんと交番で出会った時から好きだったと話したこと」

お見合いも終盤、勇気を振り絞って伝えた事柄に対し澄晴さんからの返答はなかった。本当に聞こえなかったのかもしれないし、聞こえなかった振りをしたのかもしれない。

「勿論、覚えてる。見合いの時に言われたけど、あの時はまだ愛茉さんと結婚するか決めてなかったのもあるし、突然に言われて驚いただけだから曖昧にしてすまなかった」

「今更、そんなことを言われても……」

私は無表情な顔のままで否定をする。

「仲直りをしようと思って、もらったフルーツティーを淹れたのに愛茉さんは全然折れてくれないね」

澄晴さんは困った顔をして、テーブル上に置いてあった指輪のケース二つを手のうちに収める。

手放したのは自分だったが、私の指輪を澄晴さんがどうするのかが気になってしまう。

「当たり前ですよ。この一ヶ月間、ずっと寂しくて堪らなかったから。拗ねても仕方ないでしょ」

「猫かぶりの愛茉さんと今の愛茉さんはどちらが本当？」

「す、……澄晴さんて性格が悪いですね！」

「元々こんなですが何か？」

私も澄晴さんも売り言葉に買い言葉になっている。埒が明かない。

今、はっきり分かった気がする。

澄晴さんは本心を隠していたから、以前に清らかなところが名前にピッタリと言ったところ、否定されてしまったのかもしれない。

「俺自身が性格が悪いのは百も承知なので、そこを踏まえて受け入れてほしい。お互いに嘘や誤魔化しの自分はやめよう」

澄晴さんは突然として私の顔を覗き込んだ。咄嗟にそんなことをされたので、思わず避けてしまう。

「な、何なんですか！」

「え？　また泣いてしまうんじゃないかと思って……」

澄晴さんにいきなり急接近されても困る。

「泣いてないです。ただ驚いただけです」

昨日までとは違う距離に慌てふためく。澄晴さんは私の顔をじっと見つめながら、優しく微笑む。私の鼓動は最高潮に速くなり、向けられている視線から逃げようとした。

「驚きついでに……愛茉さんを抱きしめてみてもいいかな？」

「……！」

私は返事をする前に澄晴さんの胸の内に収められていた。

初めて知る澄晴さんの温もり。ほんのりだが車の芳香剤の優しい香りがスーツからしている。

「愛茉さんは小さくて可愛いな。何で今日までスキンシップを取らなかったのか、自分を疑う」

私は恐る恐る澄晴さんの背中に手を回そうとしたが、躊躇してしまう。

「私……、今も澄晴さんが好きなんです」

「……うん」

「だから、寂しいし苦しくて家出をしたくなりました」

澄晴さんは私のことを力強く抱きしめてきて、痛いくらい。

「本当に……申し訳ないことをした」

澄晴さんは弱々しく、か細い声で返してきた。

「もう離れていかないで下さい」

拗ねていた自分は置き去りにして、気持ちに素直になる。

「これからは絶対にそんなことしないし、家出もさせない」

私はそっと手を伸ばして、澄晴さんの背中を抱きしめる。ずっとずっと欲しかった温もりを手に入れた。

強く強く抱きしめ合う。

「澄晴さんにお願いがあります。……ベッドが別々なのは嫌です。ベッドが広過ぎて心細いし、寝る前にもお話ししたいから……」

「そうだな。今日からは一緒のベッドで寝よう」

私は澄晴さんに胸の内を吐き出した。今まで離れていた分、距離を縮めたい。

ここから先は幸せになりたい――


澄晴さんとの話し合いをして、お風呂も済ませたら二十三時を過ぎていた。澄晴さんとの取り決めで一緒に寝ることになったが、とりあえずは私の部屋で寝ることになった。

現在、お風呂に入っている澄晴さんがいつ来るのか分からないので、緊張しつつ顔に化粧水を塗りながら待っている。

「愛茉さん、入るよ」

お風呂上がりに自分の部屋でスキンケアをしているとドアをノックする音と共に声が聞こえた。普段みたいに後ろに髪を流しているスタイルではなく、前髪を下ろしている澄晴さんは年齢よりも遥かに若く見える。

「愛茉さんの部屋はとてもいい香りがする」

「澄晴さん！」

初めて近くで、澄晴さんのルームウェア姿を見た。いつもは通りすがりに見ていただけ。

仕事に行く時の澄晴さんと違い、完璧感はなくラフな格好だが、これはこれでドキドキするものだ。

「今日から一緒に寝ると約束しただろ」

澄晴さんが私の部屋に入るのは初めてだ。引越しをしてから一度も訪ねては来なかったから。

勝手にベッドに入り込んだ澄晴さんはスマホを見ながら寝転んでいる。こんなにもラフな澄晴さんを見たことがなかったのでとても新鮮。

「愛茉さん、早くおいで」

先ほど、気持ちを打ち明けてくれた澄晴さんは、いつもよりもずっとくだけた口調で話しかけてくる。

昨日までの日々は何だったのか？　と問いたくなるほどに近い距離にいる澄晴さん。早く、と急かされてドキドキが加速する。

スキンケアが終わり、ライトの明かりも保安灯にしてからベッドにそっと入る。私の寝室はダブルベッドなので、澄晴さんが隣に寝ても充分に空きがある。

「……スッピンも初めて見た。愛茉さんは元が可愛いから化粧しなくても変わらないんだな」

今までのルーティンは帰宅後、澄晴さんは夕食を済ませ、お風呂に入った後はそのまま自分の部屋に篭っていたので、私のスッピンなどは見たことがなくて当然だ。

「そ、そんなことを言われても恥ずかしいだけです！」

「そうか？　本当のことを言っただけだけど」

私の心拍数は上がり続けていてあたふたしているけれど、全くとして動じない澄晴さん。大人の余裕なのか、性格的なものなのか判断に困る。

「ストレートに言うから職場でも煙たがられるんだよな。これからは気を付ける。でも、愛茉さんに関しては今までの分の気持ちを伝えていくつもりなので、それでいいかな？」

「はい、私もそうしたいです！」

同じベッドに入って、ヘッドボードを背もたれにして座っている私達。ぎこちない感じがするが、そのうち慣れるのだろうか？

話が上手く続かない。私からも何か話がしたいのに頭の中が真っ白だ。せっかく澄晴さんと二人きりなのに、いざとなったら何も思い浮かばない。

「これ、いつもベッドサイドに置いてるの？」

澄晴さんがクラゲのぬいぐるみ達に気付き、三体一緒に持ち上げて私の膝の上に乗せた。

「私にとって、とても大切な子達なんです」

思い出深いクラゲ達を見ながら、しみじみと呟く。

「そうか……。それなら、この子達に証人になってもらおうかな」

澄晴さんは急にそんなことを言い出して、部屋から出ていく。すぐに戻ってきた澄晴さんは、婚約指輪と結婚指輪のケースを手に持っていた。

「外した指輪、俺が愛茉さんにつけ直してもいい？」

「……はい」

澄晴さんは私に指輪を嵌めるために機会を窺っていたのかな？　だから、二つの指輪のケースを持っていたのか。

「明城澄晴は明城愛茉を生涯、愛し抜くことを誓います」

私の左手を取り、薬指に結婚指輪を嵌めていく澄晴さん。私は手元を眺めながら、目を潤ませてしまう。

「そして、二人の永遠の愛を封じ込めます」

次に婚約指輪を重ねて、私の薬指にキスを落とした。まさかそんなことをされると思っていなかった私は、澄晴さんの顔を咄嗟に見てしまう。

澄晴さんは穏やかな顔つきで微笑みを浮かべ、私の頭をゆっくりと撫でる。

「愛茉さんが何故いつも重ね付けしてるのかが気になっていた。好きなブランドだからっていうのもあるだろうけど、永遠の愛を封じ込めると言う意味もあったんだな」

私は澄晴さんの言葉に返事をする前に、嬉しい気持ちが高ぶって涙がポロポロと落ちてきてしまう。わざわざ調べてくれたんだ。

「そういえば、挙式の時もそんな説明があったような気もするな。そういうのに疎くてごめん」

あの時に気付いてなくても、今の澄晴さんが気にしてくれただけで充分。

「そのほ、かにも……わた、し……、澄晴さんにもらっ、た指輪……、大切にしたかった、から」

「うん、愛茉さんの気持ちはよく分かったよ」

溢れ出した涙を指で拭って、「俺も愛茉さんを大切にするから」と抱きしめられる。私の気持ちが落ち着くまで背中をゆっくりとさすってくれた。

私が落ち着いたのが分かった澄晴さんは身体を離して、「新婚生活をやり直そう。愛茉さんが望むことは叶えたい」という気持ちを露わにし、言葉にする。

そういえば、澄晴さんのお部屋ではいつ一緒に寝るんだろう？　そんなことを思い付き、口に出す。

「あの、今度は澄晴さんのお部屋にお泊まりしてもいいですか？」

「お泊まり？」

「はい、澄晴さんのお部屋にもお邪魔したいんです。男性のお部屋にお邪魔したこともないですし、お家デートみたいでいいなと思って……」

澄晴さんは私の発言に対して、肩を震わせて笑っている。そんなにおかしなことを言っただろうか？

「愛茉さんと一緒に寝るのは今日が初めてだから、お泊まりみたいなもんだよな。明日でもいつでも、愛茉さんの好きな日にどうぞ。お家デートもしよう」

「ふふっ、ありがとうございます！　では、明日にしますね」

私は嬉しくて笑顔が溢れる。そんな私を見て、澄晴さんは肩を抱き寄せた。

「……愛茉さんに今日だからこそ、言わなければいけないことがある」

少しの沈黙の後、澄晴さんが口を開いた。

「警視総監になりたいのは子供からの夢だった。信念を貫く形で警察官として勤めている」

私は薄々と昇級狙いだとは気付いていて、先ほどに踏み台だったと言われた当本人。改めて思い出したら自分が哀れだと思ったが、何故だか面白くもあった。

よくよく考えれば私の父が警視総監だとして、私と結婚したにしても確実に自分がその立場になれるわけではないのだ。それにもかかわらず、澄晴さんは警視総監の娘と結婚したかったのだから、余程の執着心があったのだろう。

「私との結婚はテレビドラマみたいですね」と私は茶化して笑う。

バツが悪そうに下を向いている澄晴さんに「どうして警視総監になりたいんですか？」と聞く。

「笑うから言いたくない」と言われたが、どうしても知りたい私は粘りに粘る。しつこく教えてほしいと願う私に澄晴さんは根負けした。

「刑事物語が好きで、警視総監がいつも格好よく見えていたから。……子供の頃からの憧れだった」

「あははは、そんな理由だったんですね。でも、憧れって大切ですよね」

もっと大それた理由があるのかと思っていたが、答えはシンプルだった。思わず大笑いをしてしまい、澄晴さんは気まずそうにしている。

「……だから言いたくなかったんだよ」と澄晴さんはボソッと呟く。

「警視総監の椅子に座ってみたいですよね。ドラマで見てても格好いいですもん！」

「愛茉さん、絶対に馬鹿にしてるでしょ！　人がせっかく必死の覚悟で伝えたのに！」

普段とは違う子供っぽい言動をする澄晴さんも愛おしい。

私は澄晴さんのことが身近に感じ始めた。澄晴さんと過ごした一ヶ月間の事実は消せないけれど、上書きはできると信じている。

拗ねている澄晴さんが可愛らしいと言ったら失礼かもしれないが、色んな表情を見られて嬉しい。

もっと沢山、澄晴さんのことが知りたいと願う。

「気を取り直して……愛茉さんは俺に対して何かある？　この機会に改善してほしい点などあったらどうぞ」

まるで職場で仕事の話をしているみたいに聞こえる。澄晴さんに伝えるとしたら、これしかない。

「あ、あの……。先ほどは酷いことを言ってごめんなさい。そして、一緒に住むようになってからルール決めましたよね？　あれは撤回してもらえますか？」

「酷いこと？　全然そんな風に思ってはいないよ。全て俺が悪かったのだから言われて当然。ルールに関しては愛茉さんの好きなようにして」

感情が爆発してしまい、澄晴さんに胸の内をぶちまけてしまったが、流石に酷いことを言ってしまったと今更ながら反省する。

「ルールなんて何もなくていいです。私は澄晴さんと一緒に夕食を食べたいから待っていただけですし、澄晴さんが疲れてる時は自分の寝室で寝てもらって構いません。ただ、余裕のある時は遅くなるとか帰れないとメッセージくれたら嬉しいし、たまにはこうして一緒に居てくれるだけで幸せなんです」

「……うん、分かった」

「クリーニングだって私が取りに行きます。私の方が早く帰れますので遠慮なく頼ってほしい」

多くは望まないから、澄晴さんの邪魔にならない程度に傍に居たい。

「澄晴さんの妻として役目を果たさせて下さい。それが私の希望です」

「妻としての役目、か……」

澄晴さんがそう言った後は沈黙が続く。何か考え込んでいるのだろうか？

私がふと澄晴さんの横顔を見ると、偶然にも澄晴さんも私の顔を見る。不意に目が合い、恥ずかしくなり目を逸らす。

流し目で見られて耐えられなくなる。悩殺とはこういうことを言うのかな？

「愛茉さん、こっち向いて」

後頭部に左手を添えて、私を澄晴さん側に向かせようとする。

「妻としての役目とは……夜のことも含まれる？」

「え？」

「ほら、……あの初夜の日も一緒に寝なかったから」

「そ、そういう意味で言ったわけではないのですが……！」

無理矢理に目線を合わせられた私の鼓動は速くなるばかりで、収まる気配はない。

「愛茉さんが俺のことを許してくれて、受け入れる準備ができたら……しようか。今はまだお楽しみに取っておこう」

「もう、ゆ、許してます！」

優しい微笑みを私にくれた澄晴さんだったが、私のその言葉を聞いた後は突然として顔が真顔になる。

「そっか。……それなら」

私の両腕をそっと手で押さえて、額と耳たぶにキスをされた。目と目が合い、自然と目を瞑る。

「……ふ、……だ、大丈夫、愛茉さん？」

ガチガチに緊張して身体が固まったようになっている私に気付き、思わず吹き出す澄晴さん。

「ごめん、ごめん！　からかうつもりはなかったんだ。怖い思いをさせたならごめん」

澄晴さんと念願のキスだったのに、何故だか怖くて固まってしまう。

「そんなことはないんですけど、私が不慣れだから……逆にごめんなさい」

キスは経験済みだが、澄晴さんとは緊張がほぐれずに身体が竦んでしまう。

「謝ることじゃないし、不慣れな方が俺は嬉しい。過去の男達に嫉妬もしなくていいし。愛茉さんに慣れてもらうように、これから毎日、おやすみと行ってきます、ただいまのキスはすることにしよう」

澄晴さんの提案に私はただ頷く。

「そろそろ寝ようか」

「……はい」

気付けば時刻は夜中の一時を過ぎていた。

明日は私は休みだからよかったけれど……。

おずおずとベッドの中に潜り込む私達。

隣に横になっている澄晴さんは天井を見上げていた。澄晴さんのいる方を向いたら心拍数が更に上がってしまいそうなので、私も天井を見上げる。

「澄晴さんは明日はお休みですか？　ずっと土日もお仕事だったみたいだから」

「……休みだよ。ごめん、今まではわざと仕事を入れたり、出かけたりしてただけ。今度からは、いや、明日からはわざとは絶対にしないから」

そこまで私は避けられていたのだな。今後は相当な埋め合わせをしてもらわないと傷ついた心は埋まらない。澄晴さんの隠し事をいざ知ってまうと、居ても立ってもいられなくなる。私はそっと掛け布団を頭上まで被った。駄目だ、泣きそう……。

「愛茉さん？」

「もう絶対に、絶対にしないで下さいね。疲れてたり、一人で居たい時は言ってくれれば邪魔しませんから……、わざと居なくならないで下さい」

私は泣くのを必死に我慢して、震える声で澄晴さんに伝えた。

「愛茉さんを避けておきながら、休みは家に居るなんてできなかっただけなんだ。これからは休みの日は愛茉さんと過ごすし、休日出勤の日は必ず伝えると約束する。どうしたら信用してもらえる？」

澄晴さんは上半身を起こして、私の頭上から答えた。

「明日、デートしてもらえますか？　久しぶりに澄晴さんと一緒にどこかに行きたいです。買い物だけでも構いません」

私は掛け布団を目の位置までめくり、澄晴さんに対して精一杯の我儘を言う。澄晴さんは、私からゆっくりと掛け布団を剥いだ。

「分かったよ、おやすみ」

そっと私の頭に手を伸ばした澄晴さんは頭を優しく撫でて、目が合った瞬間に口付けを交わした。一瞬、触れるだけの行為だったが、今回は上手くいった。

私のせいで大人な関係にはなかなか進まなそう。澄晴さんは私を抱き寄せて、包み込むような形で眠りについた——

四、新婚生活のやり直し

本性をさらけ出したことをきっかけに、私は可憐なお嬢様を演じるのをやめて素の自分を見せるようになった。今思えば仮面夫婦だった私達だが、少しずつ互いに歩み寄っている。

「愛茉さん、ドライブに行かないか？」

よく晴れた日の日曜日、澄晴さんは朝食を食べながらそう言った。

「行きたいですが、澄晴さんはお疲れなのでは……」

土曜日の昨日は同僚の勤務を代わって出勤だった澄晴さん。十九時には帰宅したけれど、澄晴さんは今日しかお休みがないのに大丈夫なのだろうか？　それに仲直りしてから、私の我儘でお出かけに連れて行ってもらったばかりなのに……。

「愛茉さんは遠慮ばかりする」

「……遠慮してるわけじゃないけど、私のために澄晴さんに無理させてしまうのは嫌なんです」

彼は食事途中で部屋を出ていき、戻ってきた時には右手に長細い紙を二枚持っていた。

「実はこれ、遊園地の前売りチケットをもらったんだ。先に出せばよかったな」

「え？　これって、あの遊園地のですよね？」

澄晴さんが手にしていた長細い紙は遊園地のフリーパスのチケットだった。利用期限は今月いっぱい。

「同僚が彼女に振られたとかで使えないから使ってくれ、と言われた。抜けられない用事ができたとかで土日の勤務を交代したりした時があったから、そのお礼だって。昨日もその一日だな。しかも期限もあんまりないし。サプライズで行くのもいいかな？　と考えていたのだが失敗だったな」

私が澄晴さんのためにと思ったことが逆効果だった。澄晴さんのサプライズしたい気持ちを壊してしまって馬鹿な私。

「ごめんなさい、せっかく澄晴さんが計画してくれたのに雰囲気を壊してしまって」

「そんなことないよ。俺が下手くそなだけだから」

ぺたっ。私は澄晴さんに抱き着く。

澄晴さんは何も言わずに抱きしめ返してくれる。

「澄晴さんと一緒に遊園地行きたいです」

「……うん」

澄晴さんの温もりが大好き。

私は洗濯物を干し、澄晴さんは食器の片付けを手伝ってくれた。掃除は昨日したので割愛して、身支度を整えることにする。

澄晴さんとのお出かけはオシャレして出かけたいので、メイクも髪型も通常よりも時間がかかる。肩より少しだけ下の長さの髪の毛を顔周りに後れ毛として適量残し、サイドは編み込みにして、後ろ髪は束ねて捻ってからアップにする。

身支度を整えて、お気に入りのバッグを持っていざ出発！

澄晴さんは首都高速に乗り、都内を抜け出して隣の県まで向かった。


遊園地なんて、いつぶりだろうか？

日曜日の秋晴れの日、子供連れや彼氏彼女のペアなど沢山の人達で賑わっていた。

大学時代に友達と遊びに来たことがある。入園無料の遊園地で観覧車のイルミネーションが物凄く綺麗なんだよね。

それに観覧車の真上でキスすると永遠の愛になると噂で聞いたことがある。きっと、そんなことは澄晴さんは知らないだろうけれど。

「澄晴さんはジェットコースターとかの絶叫系は平気ですか？」

「それなりに。愛茉さんは苦手？」

「私？　私は大好きです」

わくわくする。小学生高学年の頃に母と兄と一緒に行った遊園地で、連続三回ジェットコースターに乗ろうとしたら兄に気持ち悪くなるからと止められたくらいに大好き。

父はアウトドアには連れて行ってくれたが、遊園地などは好きではないためにほぼ一緒に行った記憶はない。

母は兄と私の付き添いで来て、ずっと日陰のベンチに座っていた気がする。私のジェットコースター好きには兄も呆れる始末。

『ハンドル握ったらスピード狂になりそうだから、運転免許は取らせない方がいい』

と兄が父に垂れ込み、父が鵜呑みにしたために私は教習所には通ったことがない。

最初は私の希望で、二人でジェットコースターに乗った。

「水しぶきが凄かったけど、そんなに怖くなかったですね」

「……俺は急降下でドキドキしたけどね」

急降下のままで水面直下して下のレールにすり抜けていくというジェットコースターは、澄晴さんには少し怖かったみたいだ。

ケロッとしている私に対して、澄晴さんは信じられないという顔をしている。最初に選ぶ乗り物ではなかったかな？

気を取り直し、次は何にしようかな？　と迷う。

「次はゆっくり系がいいですか？」

「そうだなぁ、メリーゴーランドは？」

「はい、メリーゴーランドにしましょう」

メリーゴーランドはお馬さんではなく、馬車に二人で乗る。回転がゆっくりなので、座っていられて会話も景色も楽しめる。

澄晴さんは嫌々だったけれど、手を伸ばして自撮りをする。写真の中の無愛想な澄晴さんも相変わらず格好よくて待ち受けにしたいくらい。

「見て下さい、この写真。澄晴さんが素敵です。待ち受けにしてもいいですか？」

「……。それはちょっと無理」

メリーゴーランドから降りた後、澄晴さんに確認したけれど、考えた挙げ句に待ち受けは却下された。削除してほしいと言われないだけよかったと思うしかないかな？

「次は……お化け屋敷どうですか？　歩く系と歩かない系」

「……歩かない系」

「分かりました、歩かない系はこっちですね。澄晴さんはお化け平気ですか？」

「お化け？　……作り物だから大丈夫」

一瞬、返事に間があったかのような気がしたけれど、きっと気のせいだろう。

「じゃあ、怖さレベルマックスにしましょう」

絶叫系はジェットコースターに続き、お化け屋敷も平気な私。

歩かない系の乗り物に乗って行くお化け屋敷は怖さが選べるタイプらしく、怖さが一から三まであるが三にした。

澄晴さんはお仕事でもっと怖いものを見ていると思うので、お化けなんてきっと、どうってことはないはずだ。

「……きもちわる」

澄晴さんは平気だと言っていたが、いざ乗り物に乗り込むとお化け屋敷の音声が気持ち悪いと耳を塞いでいる。私は作り物だって分かっているし、全然怖くないんだけれども。

「あー、寒気はするし、気持ち悪くなった」

お化け屋敷から出た澄晴さんは何となく足元がふらついているような気がする。

「お化け屋敷、駄目でしたか？」

「音がとにかく気持ち悪い。ギィギィうるさいし、薄暗いのも気持ち悪かった」

澄晴さんが滅入ってしまったので、一旦、休憩することにした。私は澄晴さんに椅子に座っててもらい、お昼ご飯を買いに行く。

澄晴さんにはホットドッグ、ポテトとコーヒー、私はバナナ生クリームのクレープとアイスティーにした。

「ありがとう。実はお化け屋敷って昔から音が駄目で嫌いだった」

ボソボソと呟くように私に伝えて、椅子に座ってテーブルで項垂れている。

「それなら、遠慮なく言ってくれたらよかったのに」

「そうなんだけど……、大人の男がお化け屋敷怖いだなんて愛茉に知られたくなかったから何も言えなかった」

誰にでも苦手な物はあるのだから気にしなくていいのに。

「俺は愛茉さんによく思われようと必死なんだ。格好悪いだろ？　必死過ぎて」

「そんなことないです。兄も澄晴さんと一緒で怖い漫画とか小説は平気なのに、映画のホラー系は音が駄目なんですよ。怖さの体感が音に集中してしまうんでしょうね、きっと」

誰にでも苦手な物はあるのだから、気にする必要はない。

私に興味がなかった澄晴さんがどんどん変わっていく。よく思われたくて必死だなんて、聞いただけで舞い上がってしまう。

「愛茉さん、何でニヤニヤしてるの？　やっぱり格好悪いと思ってるんだろ？」

コーヒーを飲みながら私を横目でチラッと見ながら澄晴さんは言った。

「ち、違いますよ！　澄晴さんが私のことを考えてくれているのが嬉しくて、つい……」

澄晴さんが勘違いをしているので私は必死で否定する。すると澄晴さんは私から視線を外して、顔を右の手の平で隠した。

「愛茉さんは俺をからかうのが上手だな」

「違います、からかっ……」

途中まで言いかけた言葉を呑み込む。澄晴さんは照れくさいのか、ほんのりと顔が赤い。

歳が七つも離れていて兄よりも年上だが、大人の男性が照れている姿はとても可愛らしく思ってしまう。

距離を少しずつ縮めている私達は初々しい学生のようだ。このまま少しずつ、澄晴さんのことを知っていきたい。


軽食を済ませた後は澄晴さんと相談しながら、いくつかアトラクションに乗る。澄晴さんとの遊園地デートが時間を忘れるくらいに物凄く楽しい。年甲斐もなく子供のようにはしゃいでしまう。

薄暗くなってきたところで最後にとっておいた観覧車に乗ることにした。

「観覧車のイルミネーションが点灯しましたね。暗くなるともっと綺麗かなぁ」

観覧車を見上げるとイルミネーションが色鮮やかで吸い込まれそう。学生時代はこの遊園地に夜まで居たことがなかったので、こんなに綺麗に灯されている観覧車は初めて見た。

「もしかしたら夜景も見られるかもしれないな。そうだ、近くのお店で夕食を済ませてから来ようか？」

有無を言わせないとばかりに澄晴さんに手を引かれて、遊園地から僅かな距離のレストランに連れてこられた。

「ここさ、駐車場から歩いてくる時に見てよさそうと思ってたんだ。勝手に決めてしまったけど、どうかな？」

白を基調とした建物に緑の屋根とドアが印象的なお店。ボタニカルをイメージしているのか、お店の周りにも手入れされている可愛いミニ薔薇や観葉植物が植えられていた。

テラス席の数も多く、ざっと見た限りでは二十席はありそう。テラス席からは海と夜景を見渡せるようだ。

「素敵ですね。是非、行ってみたいです」

「では、決まりということで」

レストランの中に足を踏み入れると観葉植物が至るところにオシャレ且つ主張し過ぎない程度に飾られていて、癒やしの空間になりそうな素敵な場所だった。

「愛茉さんが好きな感じのお店かな、って思って」

「はい、とても私の好みです。連れてきてくれてありがとうございます」

澄晴さんには私が好きな雰囲気のお店が分かるらしい。結婚前に行ったデートの時に、落ち着ける雰囲気のオシャレなカフェに行ったりするのが好きだとそれとなく言ったからかな？

コース料理もあるらしいが少し前に食べたばかりだったので、魚料理とサラダとバゲットのセットにする。ドリンクは食後にコーヒーと紅茶をオーダーした。

魚料理は鯛のポワレ、レモンバターソース。それから鶏ハムが添えてあるバルサミコ酢ベースのドレッシングがかけてあるサラダ。

バゲットはお代わり自由らしく、澄晴さんはお代わりをした。

カジュアルフレンチレストランなので気取らずに楽しめるのが嬉しい。

以前、澄晴さんが連れて行ってくれた稲澤さんのお店も結構美味しかったけれど、ここのお店も美味しい。

「思いがけず、美味しいレストランに出会えて幸せです」

「そうだな。また二人で色んな店に行こうな」

「はい、楽しみにしてます」

食後の一杯を飲みながら料理の余韻に浸る。

澄晴さんと一緒に過ごせる喜びが心を満たしていく。

食事を済ませた後は遊園地に戻り、お目当ての観覧車へと向かう。辺りは暗くなり、観覧車はライトアップされてより一層煌めいていた。

何組か並んでいたが割とスムーズに乗ることができ、観覧車から見える景色を楽しむ。

「遊園地全体がキラキラに輝いていて綺麗ですね。海も見えるし、最後に観覧車に乗れてよかったです」

「愛茉さんに喜んでもらえると俺も嬉しい」

対面するように座席に座っていた私達だったが、窓の外を眺めているうちに澄晴さんが私の方に移動してきた。

観覧車がほんの僅かだが、重心が傾いた気がする。落ちはしないのは分かってはいるが、澄晴さんの腕を思わず掴んでしまう。

「ご、ごめんなさい！」

私は咄嗟に澄晴さんの腕から手を離す。

「いや、俺が急に移動したのが悪い。ごめん」

澄晴さんはそう言って私の肩をそっと抱き寄せた。ふと彼の方を見上げると目が合い、視線が外せなくなる。

「……いつの間にか、愛茉さんは特別な女性になっていた。結婚当初は好きにならないと決めつけていたくせに、今はこんなにも愛しい」

「澄晴さん……」

「好きだよ、愛茉」

初めて呼び捨てで呼ばれた。結婚当初に、あんなにも胸を締め付けられるような切なくて苦しい思いをしたのだが、目の前に居る澄晴さんは私だけを真っ直ぐに見てくれている。私も澄晴さんが好き。

胸が高まっていくと同時に愛を囁かれ、口付けを交わす。気付けば、観覧車は頂上付近まで来ていた。

「澄晴さん、観覧車の頂上でキスをすると幸せになれるとか絶対に別れないってジンクスがあるんですよ。知ってま……」

私は照れくさいので、そんなジンクスを澄晴さんに話そうとしたのだが……。

「今が頂上だろ？　一回目はフライングだったから、今度は大丈夫。ちゃんと頂上だった」

不意打ちにも二回目の口付けをされた。何となく話したジンクスを澄晴さんは鵜呑みにしたのか、行動に驚かされる。

澄晴さんは唇を離した後に半開きの口で自分の唇の端を舐めた。

その表情と仕草を見た私は色気を振りまく澄晴さんにドキッとして、目が離せなくなる。

「あっという間にもう地上だな。どうした？　あんなキスじゃ物足りなかったか？」

私が澄晴さんを見つめていたことを気付かれ、クスクスと笑われた。左右に首を振り否定する。

観覧車に乗っていた、たった十五分の間に澄晴さんに翻弄された私。

これから先も、もっと好きになってしまうことが確定した。

「愛茉、どうぞ」

一度呼んだら呼び捨てなのだとしみじみ思って感動してしまう。呼び捨てで呼ばれるだけで特別感が増す。

澄晴さんは観覧車から降りる時も先に降りて、私の手を取って降りる時にエスコートしてくれた。甘くて過保護な王子様である。

駐車場まで歩いて向かっている時も、観覧車から降りる時に繋いだ手を離さなかった。

まるで夢の中に居たみたいに幸せな気分のまま、帰路につく。

今日一日の出来事を振り返っては思い出す。一番の思い出はやはり、観覧車。

私達はジンクス通りに絶対に別れないし、幸せになる。強い信念を持ち、お互いを支え合える関係になればきっと大丈夫。


遊園地デートから数日後、澄晴さんから帰宅が遅くなると連絡があった。

澄晴さんの食事をテーブルに置き、先にと入浴を済ませる。明日も仕事だし、朝食とお弁当も作るため、澄晴さんには申し訳ないが先にベッドに入ることにした。

「あれ……？　澄晴さん？」

「ごめん、起こしちゃったよな」

先に寝ていた私のベッドに澄晴さんが潜り込んできた。私は眠っていたのだが、澄晴さんの気配を感じてうっすらと目を開く。

「おかえりなさい」

「ただいま」

私は澄晴さんが帰ってきたことが嬉しくて眠気も吹き飛んでしまい、咄嗟に彼に抱き着く。澄晴さんは私の額にキスをくれる。

帰りが遅い時は先に寝ている私のベッドに潜り込み、隣に寝ているのが恒例となりつつある。

私達は穏やかな日々を過ごしているが、大人の関係ではなく、少しずつ歩み寄って恋人同士を楽しんでいる感じ。寝る前のおやすみのキスも毎日の日課である。

「もっと遅くなるかと思いました」

「何とか一山片付いたから、今日は帰ってきた。愛茉に早く会いたかったし」

「私も朝になる前に澄晴さんに会えてよかった」

澄晴さんは私の背中に手を回して、そっと抱きしめる。

「愛茉、まだ起きてる？」

「……はい、起きてますよ」

「本当は明日言おうと思ってたんだけど、やっぱり今から言いたい。近いうちにまとまった休みをもらうから旅行に行かないか？」

「旅行……！　勿論行きたいです！」

一瞬で気持ちが舞い上がる。澄晴さんの口から思いもよらない言葉が飛び出したので、胸に顔を埋めて寝ようとしていた私は思い切り上を向いてしまった。

「……い、た」

頭が澄晴さんの顎にぶつかり、頭突きをしたみたいになってしまう。勢いよくぶつかったので私自身も頭が痛い。

「ご、ごめんなさい！　舌噛んだりしてないですか？　痛かったですよね？　大丈夫？」

私は慌てて、澄晴さんの顎を撫でる。

「大丈夫だよ。それよりも愛茉の方が痛かったんじゃないの？」

痛かったはずなのに、何故か澄晴さんは私の頭を撫でながら笑っている。

「痛いけど、澄晴さんの方がもっと痛かったと思うから。本当にごめんなさい」

「謝らなくていいよ。愛茉とこんな風に自然と会話したりすることが嬉しいから。でも、愛茉が気にしているならば……」

「……？」

「愛茉がキスしてくれたら治るよ、きっと」

保安灯しかついていない部屋の中でも澄晴さんと目と目が合うのはドキドキする。

冗談交じりに言った澄晴さんは私の顔をじいっと眺めている。

「目を瞑って下さいね」

どうぞ、と言わんばかりに目を閉じた澄晴さんにそっとキスをする。心拍数が上がっているようで鼓動が速い。自分からキスをするなんて緊張もするし恥ずかしかった。

「まだ……足りないんだけどな」

軽く触れ合うだけのキスを交わした後、澄晴さんから後頭部を押さえられてキスをされる。半開きになった口から舌を入れられ、今までに経験をしたことのない荒々しい口付けだった。

「……はぁっ」

「愛茉、可愛過ぎ」

蕩けるくらいに濃厚なキスは私の身体を火照らせる。

まともに澄晴さんの顔が見られない。薄暗いので顔色までは澄晴さんに分からないだろうけれど、私の顔はきっと真っ赤に違いない。

「……旅行の計画は明日以降に決めよう。日付が変わってしまうから、今日はもう寝ようか」

私は何も言わずに澄晴さんに抱き着いて寝ることにした。いきなりのあのキスは何だったのだろう？

そのまま眠りにつこうとしている澄晴さんの温もりが心地いい。すやすやと寝息をたてて先に寝てしまった澄晴さんを確認してから、再び目を閉じる。

キスはしてくれるけれど、その先はまだなんだよね……。そんなことを考えながら、夢の世界へと入り込んだ。

翌日、澄晴さんと一緒に夕食を食べながら旅行の計画を立てる。

今日の夕食のメニューは中華で青椒肉絲と焼売、白菜のクリーム煮。青椒肉絲は夕ケノコの代わりに栄養満点のモヤシで代用した。どれも美味しいと言って、澄晴さんは喜んで食べてくれている。

「三日間だけしか取れなかったから新婚旅行と言うよりは旅行かな？　愛茉はどこに行きたい？」

「どこに行きたい……よりも、澄晴さんの運転でドライブに行きたいです」

祝日が月曜日にあるので、土日祝の三連休の休みが取れたらしい。海外への新婚旅行は改めて計画するとして、国内で行ける場所に行くつもり。

「いいよ、車で行ける場所にしようか？」

「はい、ありがとうございます。えっと、一泊二日で残り一日は自宅で過ごしてはどうでしょう?」

忙しい合間に澄晴さんが旅行に連れて行ってくれるのだから、無理はさせたくない。なるべくなら、澄晴さんに負担をかけたくないので贅沢は言わない。四六時中、三日間も一緒に過ごせるだけで幸せだから。

「愛茉、遠慮は禁物。初めての旅行なんだから、行きたい場所に行って満喫しよう」

遠慮している感じが余所余所しく見えてしまったらしい。澄晴さんにはそんな私がお見通しだった。

「それなら、海が見える場所に行きたいです。澄晴さんがまだ見たことのない海辺にも行ってみたいなぁ……」

結婚前は癒やしを求めて海までドライブに行っていたと言ってたので、どうせなら、彼が行ったことがない海を一緒に見たい。

「分かった。俺も探してみるけど、愛茉もよさそうな場所を探しておいて」

「はい、探しておきます。沢山、思い出を作りましょうね!」

まだ行き先も何も決まっていないのに、楽しみな気持ちが膨らみ過ぎて、そわそわと落ち着かない。

「明日、仕事帰りに本屋さんに寄って旅行雑誌を見てきてもいいですか?」

「うん、いいよ。気になる雑誌があれば買ってきて」

「はい、よく吟味してきます」

定時に上がって、夕食の買い物の前に駅前の本屋さんに寄ろう。情報が沢山掲載されている旅行雑誌がありますように。


予定通り、仕事帰りに本屋さんに立ち寄って旅行雑誌を探す。もしかしたら、帰りが一緒になるかもしれないので警視庁のある最寄りの本屋さんを選んだ。

ホテルでも旅館でもいいけれど、澄晴さんの日頃の仕事疲れを癒やしてあげたいので、温泉にゆっくり浸かって部屋でのんびりとくつろげる方がいいよね。

やはり、定番のこの旅行雑誌がいいかな？

「あっ、……ごめんなさい。お先にどうぞ」

旅行雑誌を取ろうとして手を伸ばすと同じく手を伸ばした女性と手が触れてしまった。慌てて手を引く。

「あれ？　どこかでお会いしたことがある気がします」

「……？」

女性にそう言われたが私には見覚えがない。ロングの艶々な髪、メイクもバッチリで目鼻立ちも整っていてモデルさんみたい。白のシャツに短めのジャケットを羽織り、細身のパンツに高さのあるハイヒールを履いたできる系の格好いい女性。

「あー、もしかして明城本部長の奥様ですか？　お会いしたのは結婚式でしたね。私は部下の竹井《たけい》と申します。いつもお世話になってまーす」

見た目とは裏腹に、はつらつとしたタイプの人懐っこい感じのする女性だったので驚いた。

「お世話になっております。妻の愛茉と申します。ご存知なくて大変なご無礼を働いてしまい……」

私は深々と頭を下げて挨拶と同時に謝罪をしようとすると「頭を上げて下さい！　謝罪とか大丈夫ですからー」とストップをかけられる。

「本部長と旅行に行くんですか？　そういえば、三日間の休みが取れたからと嬉しそうに話してましたね」

「そうなんですね。実は二泊三日で旅行に行けたらいいなって計画してます」

「三日と言わず、もっと一週間とか長く行ってきてもよかったのに。新婚さんなんだから」

　私は有給の申請は出しやすいけれど、澄晴さんはお仕事の兼ね合いもあるので我儘は言えない。

　一週間のお休みならば海外にも行けたのだろうか？

「ちなみに奥さんって若そうだけど、本部長と何歳離れてるんですか？」

「私は二月に二十六歳になりましたので、七歳差です」

「そうなんですね。奥さんは私よりも年齢が下かと思ってました。てっきり、二十歳くらいかと……」

「え？」

　確かに自分は幼く見られることが多いけれど……、そんなに下に見えるのかな？

　大人の雰囲気の落ち着いている澄晴さんに対して、年相応に見えない私が隣に居たら釣り合わない？　そう考えると次第に気分が落ち込んでしまう。

　少しだけ顔を俯けた私の様子を見てか、竹井さんが口を開いた。

「ごめんなさい、私、余計なことを言ってしまいましたかね？　ちなみに私は二十七歳です。もしかしたら同じ学年かもしれませんね」

　暗い雰囲気にしたのは私なのに竹井さんに謝らせてしまった。

「あ！　また暗い顔してる。同い年なんだから仲良くして下さい。この本、買います？　私も買うので買って来ちゃいますね！」

竹井さんは同じ雑誌を二冊持って、さっさとレジに行ってしまった。私が呆気に取られてその場で動けずにいると、紙袋に入った雑誌を手渡された。

「はい、お近付きの印に受け取って下さい」

「え？　お金払いますから」

竹井さんはにこにこしながら私を見ているが、お金を出してもらうわけにはいかない。財布を慌てて出そうとする私を、竹井さんは手で制した。

「いいんです、受け取って。その代わりと言ったら何ですが……今度、料理を教えてもらえませんか？　いつも本部長のお弁当を見ては料理上手で羨ましいなって思ってたんです。本部長には内緒ですけど、私、彼氏と同棲することになったんですよ」

「わぁ……！　同棲ですか。素敵ですね。雑誌のお礼になるか分かりませんが、私でよろしければ是非。雑誌、ありがとうございます」

二人で本屋さんを出て駅前まで歩いていると、澄晴さんが車で通りかかった。

竹井さんと時間を忘れて色々と話し込んでいたようで、時刻は七時半を過ぎている。

彼氏の話や職場での澄晴さんのことなどを聞いていたら、あっという間だった。

「何故、二人が一緒に居る？」

私達に気付いた澄晴さんは車に乗せてくれた。竹井さんと話している間に澄晴さんから『今から帰る』と連絡が来たので駅に向かってると返信したら来てくれたのだ。

「たまたま本屋さんで会ったんです。愛茉ちゃんが同い年だと知って、つい色んなことを話し込んじゃいました。本部長はこんなに可愛くて料理上手な奥さんが居ていいですね。私が愛茉ちゃんをお嫁に貰いたかったなー」

竹井さんとは意気投合し、メッセージアプリのIDを交換した。竹井さんの名前を聞いたら何と、竹井麻奈《まな》さんというらしく、私の名前にも似ていたので更に親近感が湧く。

澄晴さんの運転する車で竹井さんを無事に自宅まで送り届けた。

「あー、びっくりした。竹井と一緒に居ると思わなかったから」

「私も自分で驚きましたよ。まさか、澄晴さんとご一緒に働いている方だとは……」

私達はお互いに胸を撫で下ろす。偶然は時に運命の出会いになるのだとお互いが知っているので、尚更に驚いた。

「竹井さんと同い年だったんです。久しぶりに同い年の方とお話しして、楽しくて時間を忘れてしまいました」

私の職場の経理課では、先輩か年下の人しか居ない上に他の部署の同期の女の子達は、結婚を機に退職又は自己退職をしてしまった。

「竹井はおしゃべりだから余計だろうな」

澄晴さんが小さな声で呟く。

「竹井さんはとてもお話上手で聞いていて楽しいんです。同い年の女性でキャリアもあって素敵です」

うっとりするくらいに美人でスタイルもよくて、テレビドラマの中の格好いい刑事さんそのものな彼女。私も警察官という職業についていたら、彼女みたいに格好よくなれていただろうか？

「ちなみにその竹井さんがフルーツティーを教えてくれた人だからな。愛茉と同じで紅茶とか好きなんだって」

「え！　そうなんですか！　ますます大好きになりました、竹井さん」

竹井さんが澄晴さんにフルーツティーを教えてくれた本人だったとは……。明日にでもお礼のメッセージを入れておこう。

「あ！」

私はあることに気付いてしまい、ハッと息を呑む。

「何？」

「……私とは会話しなかった澄晴さんが美人な竹井さんと会話してたと思うと、やっぱりヤキモチ妬いちゃいますね。しかも、澄晴さんはしおらしい女性よりも自立した女性の方が好きだから、タイプなのかなって」

澄晴さんには私なんかではなく、竹井さんのような女性が似合っていたのかもしれない。竹井さんならば、澄晴さんのタイプにピッタリだろうし。

「愛茉って、時々めんどくさいな」

運転をしながら、無表情のままで毒を吐く澄晴さん。そんなことを言われて傷つかないわけではないが、考えれば火種をまいたのは私だ。

「……ごめんなさい。私、自分に自信がないんです。澄晴さんにも結婚を無理強いしてしまったのではないか、とか色々と考えてしまって。警視総監の娘さんが竹井さんみたいな人だったらよかったかな、とか」

もう何を言ったらいいのか分からない。勢い余って言葉に出してしまったことを訂正することなどできないのに、解決の糸口となるキーワードを探してしまう。

事態は最悪なコースへと変更されざるを得ないのに。

澄晴さんは何も言わずに車を走らせ、自宅付近のコンビニに停車した。

「降りて。今日はコンビニのご飯にしよう」

私が時間を忘れて話し込んでいたので、夕食の支度をしないままに二十一時を過ぎていた。

「愛茉もたまには息抜きした方がいいよ。美味しそうなスイーツも買おう」

澄晴さんはそう言ってから、シートベルトを外して車から降りた。私もついていくように無言で降りる。

澄晴さんがドアの外で待っていてくれたので、降りてから澄晴さんの袖をキュッと掴んだ。

「愛茉？」

「澄晴さん、ごめんなさい」

自分の気持ちばかりを押し付けて、私はまるで子供のようだ。目に涙が溜まり、今にも溢れ出しそう。

「買い物したら車の中で話をしよう。愛茉は何食べる？　好きな物あるかなー？」

澄晴さんは私の目尻に指を当てて、零れそうな涙の粒を拭う。私も泣かないようにキュッと唇を噛み締めた。

私が毒を吐いたのに、それを受け止めてくれた澄晴さんの優しさが心に突き刺さる。

冷たくされることも望んでないくせに。私はただ、澄晴さんに否定してほしかっただけなのかな？

「俺はおにぎり二つとカップラーメンにする。あとコーヒーも買う。愛茉は？」

「私は……」

澄晴さんが選んでいたカップラーメンコーナーに一緒に居ただけで、何も選んではいなかったことに気付く。早くしなくては……。

「愛茉もカップラーメンにする？　これ、濃厚で美味しかったよ。あとはこの玉ねぎのみじん切りが入っているものとか」

「味噌……。いや、澄晴さんオススメの玉ねぎの方にします」

「分かった。おにぎりとかパンは？」

「大丈夫です」

「絶対、お腹空くから他にもあった方がいい。デザートにしたら？」

「そうします」

澄晴さんは豚骨醤油ラーメンか玉ねぎのみじん切り入りのカップラーメンがオススメらしいので、私はそれをチョイスした。玉ねぎ入りラーメンはどんな感じなんだろう？

私は澄晴さんが勧めるままにデザートコーナーにも行き、生クリームの乗ったプリンを選んだ。一日の摂取カロリーを摂り過ぎているかもしれないが、今日は考えないことにする。

買い物を済ませ、再び車に乗って自宅まで向かう。

シートベルトを締めて、コンビニで購入した商品の入ったエコバッグを膝の上に抱えて乗っている。落ち着かなくてそわそわしてしまうので、抱えていた方が気持ちが楽になる気がしていた。

「さっきの話だけどさ、自宅に帰るまでに決着つけたいから言う」

車に乗って少ししてから澄晴さんは口を開いた。

「俺は愛茉の性格も容姿も好きだからな、それだけは覚えといて」

「……容姿も、ですか？」

私は半信半疑で聞いてしまう。

「実は、交番勤務をしていた時に迷子を連れてきてくれたことがあっただろう？　あの時、可愛い子だなとは思っていた。その時はそれだけで、警視総監の自宅にお邪魔した時にあの時の子に似てるなと思った。そしたら、まさかの本人だった。そのうちに自宅にお邪魔する度に目で追ってて……。その後にお見合いの話が来た時は驚いたけど」

私のことを覚えてくれていたんだ！　知ってしまうと何だかくすぐったい感じがする。

「俺、愛茉みたいな好みのタイプの女性に今まで騙されてきた。偏見かもしれないけど、可愛い子は本当にそれだけで我儘ばかりだし、俺のことなんて飾りにしか思わない女性の方が多かった」

そう話した澄晴さんの瞳が少しだけ陰りを見せた気がした。けれど、次の瞬間には光を取り戻し、その目が私を捉える。

「愛茉は献身的で男を立てるタイプだし、頼りきりでもない自立してる女性だし、そういうところに惹かれて、愛茉を知る度にどんどん好きになっていった」

彼の切実な瞳が、真っ直ぐに私を見つめ続けている。

つまり、澄晴さんは最初から私を気に入ってくれていたと解釈していいのだろうか？

澄晴さんが男性に頼りきりな女性が苦手なのは知っていたが、容姿も好みだと言われると照れくさい。

「わ、私も……澄晴さんが世界中の誰よりも大好きなんです。それから、今まで黙ってたことを話してもいいですか？」

「どうぞ」

「実は……私はラーメンも好きなんです。中でも味噌ラーメンが一番好き。でも、可愛子ぶって言えませんでした。ラーメン好きって言ったら嫌われちゃうかな、って思って……」

一瞬だけ目を丸くした澄晴さんは、クスクスと笑い始めた。

「ラーメンが好きだとしても、そんな理由で嫌いにならないでしょ。気にしないで、味噌ラーメンにすればよかったのに」

「そうしようか迷いましたが、澄晴さんがオススメしてくれた玉ねぎに惹かれましたからいいんです。……それにカップラーメンはほとんど食べませんから、食べてみたくて」

自宅ではカップラーメンは食べたことがない。お弁当を作らなかった日にコンビニで購入した時はあるけれど。

「今度さ、ラーメン食べに行こうよ。愛茉の口からラーメンって聞いたことがないから好きじゃないのかと思ってたけど」

「……うん、本当は好きなんです。食べに行ける日を楽しみにしてますね」

自宅に着くまでに決着してよかったのは私の方。澄晴さんの胸の内も聞けて、尚且つ、私のラーメン好きも話せてよかった。

少しずつでもお互いのことを知り、自分を理解してもらえることに喜びを感じる。

駐車場に着き、マンションの入口まで歩く時にそっと手を伸ばして手を繋ごうと再チャレンジする。結婚前のデートの時は避けられてしまった気がしたが、現在は澄晴さんからも繋いでくれる時もあるので大丈夫だよね？

「あっ」

手を伸ばして指が触れた瞬間に避けられた。思わず、声を出してしまう。やはり、澄晴さんは手を繋ぎたくないのかな？

「もしかして手を繋ごうとした？」

私は声を出さずに頷く。

「ごめん、ごめん。背後から触られると反射的に手が避けちゃうだけだから気にしないで。はい、どうぞ」

差し出された左手を躊躇なく繋ぐ。

澄晴さんは仕事柄、反射的に反応してしまっていたらしい。よかった、避けられているわけではなかったんだ。

「帰ったら、まずは夕食を済ませてから風呂に入って、寝る前に雑誌を少しだけ見ようか？」

「はい、そうしましょう」

恋人同士の延長のような関係に心が満足する。まだもう少し、二人きりの生活を楽しみたい。

五、プチ新婚旅行

澄晴さんは仕事の合間や帰宅してから調べて、私は旅行雑誌から気になる宿泊先を調べ、それぞれに一軒ずつ提案した。

行き先の方面は都心から行きやすく、遠過ぎず近過ぎずの距離で東北地方を選出。南の方面も考えたが、澄晴さんの運転の負担を考えると行きやすいのは東北地方なのかな？　と思い、そちらにした。

今回は取り急ぎのプチ新婚旅行なので、後々に海外に新婚旅行に行きたいね、と計画中。

一泊目は澄晴さんが提案した宿泊先にお泊まりすることになっている。

そして今日はプチ新婚旅行、当日。

十月下旬になり、秋も真っ只中。

天候は生憎の雨で、予約していた東北地方の宿付近も午後からは雨らしい。山道を車で走るので雪の季節になる前に来られてよかった。

旅行用の荷物を車に載せ、少しだけ落ち込んでいる気持ちを抱えたままに澄晴さんの車に乗る。

ワイパーを何度動かしてもフロントガラスに大粒の雨が落ちてくる。せっかくの澄晴さんとの旅行なのに雨が降っているとは……。

「愛茉、どうしたの？　気分が優れない？」

「ううん、そんなことはないよ。ただ、雨が降っているから……」

「今日は雨だけど、明日は晴れるらしいから観光が楽しみだね。愛茉と三日間もずっと一緒にいられるんだから、俺は雨でも雪でも楽しいよ」

「うん、そうだよね。私もそう思う」

澄晴さんに浮かない顔を見られていたようだ。もう天候のことは気にしないようにしよう。

「澄晴さんは旅館に着いたら何する？　まずは温泉に入る？」

「部屋に貸切露天風呂もあるんだよね？」

「うん、眺めがいいらしいよ」

私達は修学旅行に行く学生のようにはしゃぎながら遠出を楽しむ。先ほどまでの暗い雰囲気が嘘みたいだ。

澄晴さんと一緒に居られれば、それだけで幸せ。三日間、何にも邪魔されずに澄晴さんを独り占めできる。

旅行の途中、休憩と昼食を兼ねて高速道路のパーキングエリアに寄った。一時の休息を取り、再び車内に戻る。


「愛茉、……愛茉！」

「……ふぁっ」

「起きた？　もうすぐ着くよ」

助手席に乗っていただけのくせに、いつの間にやら眠ってしまっていたようだ。運転もしないのに、澄晴さんに対して失礼なことをしてしまった！

「ご、ごめんなさい！　澄晴さんの運転が心地良くて……」

「運転は苦にならないし気にするな。それに愛茉の寝顔が可愛かったよ」

澄晴さんは助手席に乗っている私をチラッと横目で見ながら言う。寝ている間に高速道路から降りていて、一般道路を走っていた。どれだけ寝ていたのかな、私？

寝起きでぼーっとしている頭で手鏡を取り出し、髪型を直そうとして驚いた。

気付けば、私は髪型が乱れるほどに深い眠りについていたらしい。雨だから尚更まとまらずに苦労して、可愛くアレンジしてきた髪型も台無しになってしまっていた。

澄晴さんに可愛く見られたいから頑張ったのにな、悲しい……。

「アーリーチェックインにしておいてよかったな。予定通りに十四時には着くから部屋でゆっくりしよう」

「はい。楽しみですね」

髪を手ぐしで直し、いつ降りても大丈夫なように備えた。見なれない景色に心が躍る。


「わぁ……！　自然に囲まれてる！」

澄晴さんが選んだ宿泊先は、自然林が生い茂る広大な敷地に離れの宿が十二棟ある旅館だ。

無事に旅館に着いた私達はチェックインを済ませ、離れの宿に案内をされた。

窓から見える景色が自然に囲まれていて、マイナスイオンも沢山出ていそうな場所。

今の時期はちょうど、紅葉の時期らしく黄色、橙色、朱色など葉が色とりどりに変化していた。

「凄い！　紅葉していて綺麗ですね」

「思ったよりも自然の他は何もなくて山篭りみたいな感じがする。俺は嫌いじゃないけど、愛茉はもっとラグジュアリー感がある方がよかったんじゃないか？」

「ううん、素敵だよね、この場所。貸切露天風呂も凄い……！　広い！」

場所的に山奥……と言う言葉がピッタリかもしれないけれど、流石、離れの宿だけある。一棟一棟が広々としていて、それぞれの部屋の雰囲気も違うらしい。この客室は自然林の中にある貸切露天風呂と星空を眺められるデッキスペースも完備されている。

荷物を置き、澄晴さんの手を引いて客室の見回りを一通りした。

「愛茉に気に入ってもらえてよかった」

「うん、凄く気に入ってる」

客間に戻ってきて座ろうとした時、澄晴さんにグイッと引き寄せられた。背後から抱きしめられて耳元で囁かれる。

「早速だけど、露天風呂に入らないか？」

「う、……うん」

「愛茉と二人で入れるなんて嬉しい」

「私も嬉しいけど、恥ずかしい……」

そのまま、耳にキスを落とされた。いつもよりも甘い澄晴さんにどうしようもなく挙動不審になってしまう。

お風呂に一緒に入るのも初めてだし、澄晴さんに裸を見せるのも今日が初めてだ。

「先に愛茉が入る？　後からがいい？」

どうしよう？　どうするのが正解なの？　先に入って待っていたらいいのかな？

「あ、後からだと……恥ずかしいから先に入ります」

「分かった。少し経ったら入るから先に入って待っててね」

「……はい」

背後から首筋にキスをするのも反則だ。くすぐったくて、身体に火照りも感じる。

澄晴さんから解放された時にはまだ、唇の温もりが首筋に微かに残っていた。

私は先に露天風呂へと向かい、全身を綺麗にしてから湯船に浸かる。

テレビ撮影じゃないのだから、バスタオルは巻いて露天風呂に入ってはいけないよね？　澄晴さんが来たらどっちを向いていればいいのだろうか？

「愛茉、入るね」

声に反応して思わず振り向いてしまった。バスタオルを腰に巻いて入ってきた澄晴さん。鍛えられている細身の筋肉質タイプ。結婚していたのに上半身の裸すら、初めて見るのだ。

私は澄晴さんが全身を洗っている間、背を向けて入浴していた。

「こっち向いて、愛茉」

澄晴さんが一緒に入浴しても背を向けていたため、声をかけられたのだが振り向くことができなかった。

「愛茉は背中も色白なんだね。あ、ホクロ見つけた」

背中にはいくつかのホクロがあり、澄晴さんは見つけた箇所を指で触れていく。

やはり、いつもの澄晴さんじゃない！　いつもの澄晴さんはもっとクールなはず。

結婚当初から比べると別人みたいに甘々だ。

「今は何もしないから、こっち向いて話そう。恥ずかしいなら、景色を見ながらでもいいけど」

背を向けられて入るのは寂しいと言って、澄晴さんと私はお互いに横並びで景色を見ながら入浴することにした。私は膝を折り、体育座りをして身体を隠すようにしながらの入浴。

「あ、今のリスじゃない？　木の上！」

「見つけた！」

木の上を走っていくリスを見つけた澄晴さんは上機嫌で、それを見た私もはしゃいでしまう。少々声が大きくなり、リスは逃げてしまった。

「逃げちゃった。今度見つけたら静かにしなきゃ」

残念そうに私が言うと澄晴さんは「また来てくれるよ」と優しく声をかけてくれる。

「愛茉と旅行に来られてよかったな。二人きりの時間を誰にも邪魔されたくないけど」

澄晴さんは何故か、語尾を濁した。私は気になって聞こうとした時、「仕事の電話が、万が一かかってきたらごめん」と言われる。

「謝らないで下さい、お仕事も大切だから」

「ありがとう。旅行の間は、愛茉だけを見ていたい」

私と向き合う時間を作ってくれた澄晴さん。甘い言葉を囁いた彼の顔が気になってふと横を見ると、穏やかな表情で私を見つめていた。自然に目が合い、微笑みかけられる。

「愛茉、好きだよ」

「私も好きです。あ、リス！」

キスの予感に目を閉じようとした時、再びリスが現われて視界に入る。今度は露天風呂からすぐ近くの木に降りてきていた。

「いい雰囲気だったのに愛茉の気を逸らして、タイミングの悪いリスだな」

澄晴さんはがっかりしたように呟いたが、「まぁ、いっか。夜はこれからだし……」と続ける。

その後、先に上がった澄晴さんは運転も仕事もないのでお酒を飲んでいた。

窓際の椅子に浴衣を着て座っている彼に目を奪われて、ときめきが増す。

いつもの部屋着はTシャツやジャージ系なのに対し、無地の紺色の浴衣を端正に着こなしている姿がとても新鮮。

「愛茉も座ったら?」

「……はい」

私が露天風呂から上がったのに気付き、手招きして呼び寄せる澄晴さん。

「浴衣姿、綺麗だよ。愛茉は薄緑がよく似合うな。お見合いの時にも同じような色合いの着物だったろ?」

澄晴さんに呼ばれ、向かい同士で座る。

チェックイン時に浴衣が選べるのだが、お見合いの時に着ていた色に近い物を選んだ。薄緑色が好きなのもあるが、お見合いの時のことを思い出してほしかったからだ。澄晴さんのことだから覚えていてくれているとは思ったが、本当に覚えていてくれた。お見合いの日は私達の大切な一日だったわけだから、色褪せないでほしい。

「好きなんです、この色が。でも緑色全般好きですけどね」

「……だと思った。持ち歩いている小物類も緑だもんな」

一時期、私自身を見てくれないと悩んでいた時期もあったが今は違う。小物類まで気にしてくれているのだから、今の私は幸せ者だ。

「愛茉も飲む？　地酒の冷酒。大吟醸だからフルーティーでくせも少なく飲みやすいよ」

「是非とも飲んでみたいです」

澄晴さんが私に地酒を勧める。お酒はあまり得意な方ではないのだが、澄晴さんのお誘いとあれば断りたくないのだ。

澄晴さんから受け取った小さめな地酒の冷酒専用のグラスに注いでもらった。

「美味しい！　飲みやすいからすぐに飲み切ってしまいそう」

「愛茉、本当は飲める口なんじゃない？」

「そうかなぁ？」

油断して飲み過ぎるのはいけない。きっと雰囲気で飲んでいるだけだと思うから。

「夕食は部屋出しだから本当に愛茉と二人きりだな。夕食の時は何が飲みたい？　酒類じゃなくてもノンアルコールのカクテルもあるらしいよ。あとは和紅茶とか」

「悩みますね、どうしようかな？」

澄晴さんはテーブルの下の台に置いてあった宿泊の手引きを見ながら私に問いかけた。私に宿泊の手引きを渡した澄晴さんは冷酒のグラスを片手に外を眺めている。

外は相も変わらずに雨が降り続いている。しとしとと降っている様はまるで私達を部屋の中に閉じ込めたいかのようだった。


夕食の時間になり、スタッフがテーブル上に様々な料理を並べてくれた。

料理は主に山の幸が中心となり、地元の野菜がふんだんに使用されている。

「陶板焼きのお肉と野菜がとっても美味しいですね。お肉も野菜も甘みがあって美味しいっ」

口の中で蕩けそうなほどの霜降り和牛に旬の野菜がたっぷり入っている。

里芋とねぎ、キノコ類などを醬油味をベースとして煮込んである芋煮、季節野菜の天ぷらなど、この他にも沢山の品数が出されている。

「愛茉の可愛い浴衣姿を見ながらの夕食も酒のツマミになっていいな」

「ちょ、ちょっと！　おじさんみたいなことを言わないで！」

「凄い言われようだな、俺」

澄晴さんは夕食時にも冷酒を飲んでいた。こんな風に酔っている澄晴さんは初めて目の当たりにする。

「食べ終わったら、もう一度、貸切風呂に入ろう」

「そんなに飲んでるのに大丈夫？　少し休んでからにした方が……」

澄晴さんは先ほどの冷酒三百ミリを飲み干して、夕食時にお代わりしたので合計二本飲んでいる。

「……分かった、そうする」

素直に聞いてくれてよかった。澄晴さん、心なしか目がとろんとしている。

夕食を済ませた後は肩にブランケットを羽織り、デッキ部分に二人で出てみた。夜になったら雨が上がり、空一面にキラキラと輝く綺麗な星空が出ていた。

「わぁ……！　綺麗ですね」

「本当だな。吸い込まれそうなくらいに広い星空」

都会とは違い澄み渡っている空気と暗さで星がはっきりと見える。

「澄晴さんと一緒に綺麗な星空を見られていい思い出になりました」

「俺も同じだよ」

私達はしばらく星空を眺めながら談笑した後、気温が下がってきて肌寒く感じたので寝転がりながら話そうということになり、寝室へと移動した。二つ並んだセミダブルのベッドの一つにゴロンと寝転がると、ベッドのマットレスが適度な硬さで心地好い。

「くしゅん！」

「愛茉、寒かったんじゃないか？」

寝室はエアコンが適切な温度になっていて寒くはないのだが、デッキ部分に居たために足元が冷えてしまったようだ。

「布団をかけて温まろう」

澄晴さんは冷蔵庫から出したペットボトルの水を飲んだ後に私を背後から抱きしめる。

「澄晴さんの足元が温かい」

足元を澄晴さんの足に絡め取られて少しずつ熱を取り戻していく。

「酒を飲んだから俺の身体は温かいみたいだ。でも異様に喉が乾くな」

飲み口のいい冷酒だとしても、普段からお酒をあまり飲まないので飲み過ぎたのかもしれない。澄晴さんは起きて、再びペットボトルの水を飲み出す。

「澄晴さん、酔ってます？　大丈夫？」

「ん？　大丈夫だよ。久しぶりに酒を飲んだからかな、随分弱くなった気がする」

聞くところによると澄晴さんはお休みの前日などは一人でワイン一本や焼酎ボトルとかを平気で空けてしまう人だったらしい。仕事が忙しくなるにつれ、突然の呼び出しも増えてきたのもあって、それ以降はお休みの前日でも一杯程度しか飲まないと決めていた。

「澄晴さんって、本当は寂しがり屋さん？」

「何で？」

「だって、お酒に頼ってる感じがしたから……。でも、ほら、量が増えずに減ってよかったですよね」

澄晴さんは頑張り屋さんだから、どうしようもなく辛い時も、一人で寂しい時もお酒に頼ってしまったのかな、と。私の勝手な解釈だけれども。

ベッド脇のサイドテーブルに持っていた水のペットボトルをそっと置いた澄晴さん。

「今日も酒に頼って、今から愛茉を抱こうとしてるんだけど覚悟はできてる？」

熱を孕んだ声が聞こえた瞬間、私の寝転がっている方向に澄晴さんが来て組み敷かれ、上から見下ろされる体勢になる。

変な風に煽って、澄晴さんの心を焚き付けてしまった。

どうしよう、目を合わせることができない。不意に目を合わせてしまったら最後、澄晴さんに食べられる……！

ずっとずっと待ち望んでいたくせに、いざとなると怖いだなんて私は臆病者だ。目をギュッと瞑って構えていると、真上から笑い声が聞こえた。

「愛茉、大丈夫か？　何だか石みたいにガチガチに固まってるけど」

「え？」

「家出しようとした時に初めて一緒にベッドに入った日を思い出した」

澄晴さんは笑いながら組み敷いていた体勢をやめ、ベッドの上に座る。

私は起き上がると照れ隠しに「澄晴さんが悪いんでしょ！」と言って拗ねた振りをした。もう、どう反応したらいいのかが分からない。

「ははっ、ごめんって。じゃあ、仲直りしよ」

澄晴さんはギュッと私を抱きしめてくれた。その後、澄晴さんは私にそっと口付けると、そのままベッドになだれ込む。

「愛茉も緊張してるみたいだから今はやめとこうかと思ったんだけど、愛茉が可愛過ぎて今すぐ抱きたいんだ。自宅でもずっとチャンスはあったけど、愛茉に酷い仕打ちをしてたから我慢してた。……でも、愛茉を愛しているからこそ抱きたい」

「もう……あの時のことは忘れてます。今、目の前にいる澄晴さんと一緒に居られて幸せだから。私も澄晴さんが大好き」

キス以上をしなかったのは、澄晴さんが私に負い目を感じていたからだったんだ。それでも今は、私への愛を充分に感じている。想いが通じ合ったからこそ、身体を重ねたいと思うのは自然な流れだと確信する。

澄晴さんは耳と首筋に触れるだけのキスを落とし、深く舌が絡まるような口付けをしながら浴衣の帯を解く。

「……っはぁ、あの……」

「ん？」

「ライトをもう少し暗くしてほしいです。それから……」

私の要望を受け入れ、彼は照明を薄暗くしてくれた。

「は、初めてなんで、なるべく優しくしてほしい……です」

「うん、愛茉が泣かない程度に優しくするよ」

学生時代に彼氏は居たけれど門限もあったし、すぐに振られた件もあったので大人の関係の経験は一切ない。

初めての経験で不安が募る中、澄晴さんの唇は私の色んな場所にキスを落としていく。壊れ物を扱うように優しく私に触れていく澄晴さん。初めてが大好きな人でよかったと心底思った。

「愛茉、綺麗だよ」

いつの間にか、下着姿になっていた私。

「……ん」

下着も剥ぎ取られ、澄晴さんの行為はエスカレートしていく。自分が自分ではないみたいに身体が反応して、甘い声を出してしまう。

初めては痛いと聞いたので、泣かない程度に優しくするというそのままの意味合いだと思っていた私。しかし、そんな意味合いではなく、私を沢山可愛がって泣かない程度に甘美さを教え込むということだったらしい。

「澄晴さんのエロ警察官め！」

「それは言っちゃいけないワードだろ！」

「だって……、肌を重ねることがあんなに卑猥だなんて知らなかったんだもん！」

「愛茉が口に出してる言葉もどうかと思うよ」

二人の初めての秘め事が終わり、一緒に横並びで貸切風呂に入っていた。星空が輝く中での入浴は疲れた身体を癒やしてくれる。

澄晴さんは私の身体の隅々を分かっているかのように、どこをどう触れたらいいのかを知っていた。

「す、澄晴さんは……！　年上だから経験も沢山あるかもしれないけど、私は……全くの未経験だったから」

「……沢山あるわけじゃないよ」

今、冷静に考えれば……歴代の彼女さん達にも同じことしたかもしれない。そう考えたら何だか悔しいな。熟練度を上げてきた先が私だし……。

歴代の彼女さん達が何人居るのか分からないけれど、きっと私と同じように澄晴さんに愛されたのだと思う。もっと早くに澄晴さんと出会えたら、初めての人になれたのかな?

過去の知らない彼女に嫉妬してるだなんて、みっともないし、澄晴さんを困らせてしまうのは分かっているのだけれど……感情が暴走して止まらない。

「はぁ。愛茉、そこまで言うなら正直に話すけど、大学生の時に二人。それ以降は愛茉だけだよ。考えてみたら……恋愛するのだって十年ぶりくらいだったかも。その十年でおじさんになったから、愛茉にねちっこかったのかもよ?」

澄晴さんは溜め息をついて話し始めたかと思えば、ニヤニヤしながら私を見ている。

そうか、澄晴さんは女性にトラウマがあったせいか大学生以降は私だけなので、交番勤務していた研修期間も彼女が居なかったことになる。そう考えたら気持ちが晴れてゆく。

「でも、澄晴さんが丁寧に触れてくれたから痛みは少なかったです」

今も少しだけ、下半身に違和感は残るがズキズキと痛いわけではない。

「愛茉、頼むから……これ以上、煽ることは言うな」

煽ること?

「そろそろ、上がるか」

「澄晴さん……！」

「今までの分、手加減しないって決めた」

強引に手を引かれ、貸切風呂から連れ出された私は軽く身体をバスタオルで拭いただけで、再びベッドへと戻されるのだった――


鳥のさえずりが聞こえて、ぼんやりと目が覚めた。身体は痛くないが、下半身が重だるい感じがする。

隣では澄晴さんがすやすやと気持ちよさそうに眠っていて、先に起きて支度をしようとした時に声をかけられた。

「愛茉」

「ごめんなさい、起こしちゃいましたね。まだ六時ですから寝て……」

『寝てて下さい』と言おうとしたのに澄晴さんはベッドの中に私を引きずり込んだ。

「まだ行くなよ」

「ちょ、と……もう、駄目だ、ってば」

寝ている間にはだけてしまった浴衣を起きてから直したばかりなのに、澄晴さんのせいで着崩れしてしまった。

どんどんエスカレートしていき、浴衣の中に手を忍ばせる始末。抵抗に失敗した私は澄晴さんのされるがまま。

「愛茉が可愛過ぎて、まだ足りない」

「……今日の夜だって、あるのに」

「夜は夜、今は今」

世の中の新婚さんも朝から、こんなことをしているの？ それとも澄晴さんだけ？

自問自答しても答えは出ないけれど、とにかく澄晴さんに溺愛されているのは分かる。

「愛茉とずっとこうしていたい」

「……っ、す、ばるさん、もうちょっとゆっ、くりして」

痛みはもう全くなくて、気持ちのよさだけを感じている。

朝から澄晴さんに愛されて、身体は更に重だるさを感じる。再び眠くなり、そのまま寝てしまった。

八時半に時間指定をしていた朝食が届く十分前に澄晴さんから起こされる。

身体を無理矢理に起こし、澄晴さんに「おはようございます」と伝えた。澄晴さんは憎たらしいぐらいに元気そうだ。

私は体力的には並ぐらいしかないと思うので、身体にだるさを感じる。次の行き先までの道程をまた眠ってしまいそうな予感。

「ふわぁ～」

お味噌汁を片手に持ちながら、欠伸が出てしまう。

目の前には和食を基本とした朝食膳が並んでいる。幕の内弁当みたいに焼き魚の切り身や厚焼き玉子などが箱に綺麗に詰まっていて、見た目も楽しめる朝食だ。

「愛茉、五穀米って美味しいな。少し歯ごたえがあるのがいい」

「そうですね……」

眠いしだるいし、ご飯を食べる気になれない。初めての甘い一夜だったが、こんなに体力を使うとは知らなかった。

いや、私が初心者だから余計に体力を使ってしまっただけなのかな？

黙々と朝食を食べている澄晴さんが羨ましい。

「どうした？　体調悪くなった？」

「大丈夫です。ただ眠いだけ」

頭がぼんやりしている。二度寝してしまったからだろう。

「俺のせいだな。ごめん」

しゅんとして謝る澄晴さんのギャップが堪らなくて、胸がときめいてしまう。

普段はクールだけれど、笑ったり、拗ねたり、喜んだりと、私の前では色々な表情を見せてくれる。

「謝らないで下さい、私が二度寝したのが悪いから……」

「いや、疲れさせて二度寝させたのは俺だし。自分は淡白な人間だと思っていたが、愛茉を前にすると歯止めが利かなくなってしまった」

「分かりましたから、そういうのも口に出さないで下さいね！」

そんなことを朝から口に出されたら、昨日の夜から今日の朝までのことを思い出してしまう。澄晴さんが私にしたことが脳内に蘇るから止めてほしい。

案の定、私の顔は真っ赤になってしまい、収集がつかない。私は真っ赤な顔に気付かれないために朝食を急いで食べ始める。

しらすと大根の組み合わせが美味しいし、厚焼き玉子の味付けも好き。ぜんまいの煮物も初めて食べたけれど美味しい。

「朝食後に支度を済ませたら、旅館を出る前にデッキに出てみないか？　リスがまた居るかもしれないし、空気が澄んでいて気持ちいいと思うから」

今日の天気は念願の快晴。

澄晴さんと一緒に背伸びをして清々しい空気を思い切り吸ってみる。

観光してから次のホテルに向かう予定だ。

私達は支度を済ませ、デッキに出てみるとリスがひょっこり現れた。スマホを持っていたので、無音にして撮影する。ふさふさなシッポが可愛い。

「澄晴さん、記念に一緒に写真撮りたいな」

「リスと？」

「リスも写ってくれれば最高だけど、澄晴さんと一緒に撮りたいです」

写真が苦手な澄晴さんは、私の願いを渋々了承してくれた。初めての旅行での記念撮影。身長の高い澄晴さんが撮影してくれた方がよく撮れるのではないかと思い、私は彼にスマホを渡した。

思い出の写真の中にはリスもバッチリ入り込んでいて、最高の写真になった。

山から山へと峠を越えていく。昨日もこの道を通ったと澄晴さんが言っていたが、私は寝ていて全く記憶になかった。

「山道、紅葉が綺麗だよね」

「素敵ですね」

山道を取り囲んでいる山の木々が色付き、辺り一面に紅葉が見渡せる。

しばらく外を眺めながら写真を撮影したりしていた。

初めて車に乗せてもらった時は緊張して顔や運転している姿を間近で見られなかったが、今では気にせずに見ていられる。澄晴さんは運転している時も猫背にはならず、姿勢がいい。運転している姿はとてもスマートで、凛としていて格好いい。

そんな素敵な澄晴さんも目に焼き付けつつ、紅葉を眺めていたら欠伸が出始める。

澄晴さんとデッキに出た時は清々しい空気に包まれて眠気も吹き飛んだ。……はずだったのだが、しばらく車に乗っているうちに、また眠気が襲ってきた気がする。

運転が上手なせいもあるかもしれないが、安心しきっているうちに瞼が重くなってしまう。

頭がガクンッと背もたれにバウンドする。

「愛茉、無理しないで寝て大丈夫だよ。俺は眠くないから」

「だって、澄晴さんが運転してくれてるのに……」

「俺は運転が好きだし、今までは独り身でドライブに出かけてたくらいだから平気だよ。気にするな」

「……ありがとうございます」

もう眠くて眠くて限界が来て、瞼を閉じたら即座に夢の世界へと入れた。

目が覚めた時にはホテル近くの観光地付近まで来ていて、ガバッと勢いよく起き出したら澄晴さんに笑われた。

「愛茉、危ないからいきなり起きるのはやめてくれ」

「ごめんなさい！　寝てる間にまた着いちゃったんだなって思って……」

周りを見渡せば景色が山道ではなく、海沿いの景色に変わっていた。海に反射している光がキラキラと輝き、お土産屋さんが建ち並ぶ街中を車は走っていく。

「あの山道で気持ちよさそうに寝ていられるのも、ある意味、才能なんじゃないか？」

「ん？　そうなんですか？」

「途中、結構なクネクネした道路だったから車酔いしたりする人も居そうだけどね」

澄晴さんはクスクスと笑っているが、完全に面白がって笑っているとしか思えない。

否定はしないけれど、澄晴さんにまた子供扱いというか、変な人扱いされているような気がするので拗ねてしまう。

「観光がてら、お昼食べようか？」

信号待ちの時、膨れっ面をしている私の右頬をツンツンと触って聞いてくる澄晴さん。

「ぷうっとしてる愛茉のほっぺたが餅みたい」

餅？　そんなに顔にお肉ついてるのかな、私？

「愛茉は痩せてるのに、柔らかくて……つい触りたくなる」

運転席から流し目でそんなことを言われても困る。澄晴さんが不意に出す、大人の色気を感じさせる表情。私にはまだ慣れなくて、目を逸らしてしまう。

澄晴さんは普段から職場でもこんな風に色気を振りまいているのかな？

「澄晴さんこそ、職場でも色目使ってるんですか？」

お餅と言われた腹いせに、意地悪をしてみたくなった。

「ん？　おじさん達に？　職場には怖いおじさん達と男顔負けの女性刑事が居るよ。愛茉が警察官になってたら、生活安全課の可愛い警察官か男顔負けの女性刑事のどっちだろう？」

「私はどちらかというと男顔負けの女性刑事になりたかったです」

「それは残念。ライバルになってしまいそうだな」

意地悪するつもりが完全に遊ばれているのが分かる。

「それは困ります。やはり、生活安全課を希望します」

「俺はたとえ愛茉がライバルだとしても、可愛い警察官だとしても……どちらも愛せる自信はある。一番大好きなのは、目の前にいる愛茉だけどね」

観光地の駐車場に車を停める。駐車場の隅が空いていて、死角になる場所だったからか、澄晴さんはエンジンを停め、シートベルトを外してから私に軽い口付けをした。

死角とはいえ公衆の面前でされて、私は耳まで真っ赤になり硬直してしまう。

「愛茉はどうなの？　俺だけじゃないの？」

助手席のシートの頭上部分に左手をかけて、身を乗り出す体勢で聞いてくる澄晴さん。唇が離されたすぐ後で顔と顔の距離が近い。ドキドキが加速して止まらなくなる。

「す、……澄晴さんだけです」

「うん、それならよろしい」

一瞬の隙に額にキスを落とした澄晴さんは車から降りる準備をしている。切り替えが早くてついていけない。

「はい、どうぞ奥様」

私は呆気に取られてモタモタしてしまった。そのうちに助手席の外で待っていた澄晴さんは降りる時に私の手を取ってエスコートをしてくれる。

「海沿いだから海鮮が美味しそうだよね」

歩き出すと澄晴さんは自分から恋人繋ぎをしてくれた。私が以前、手繋ぎのことを気にしていたので自分から繋いでくれたみたい。風が少し冷たいので、手の温もりが嬉しい。

「あ、愛茉の好きそうなカフェがあったよ。寒いから暖まるにもちょうどよさそう。どう？」

「海鮮は？」

「明日のお昼にして、今はあそこに行かない？　見晴らしもよさそうだよ」

お土産屋さんもぶらりと見ながら見つけたカフェはコンクリート打ちっぱなしのような二階建て。

「澄晴さんがいいなら行きましょう」

カフェの中に入るとショーケースの中には美味しそうなケーキが何種類か並んでいて、お団子も置いてある。ずんだ餅だろうか？

私達は二階の方が見晴らしがいいからと言われ、窓際に案内される。人気の窓際がちょうど空いたらしく、私達は恵まれているとはしゃいだ。

春から夏場の季節はテラス席が人気だそうだ。オーダーした食事が届くまでテラス席に出てもいいと言われて出てみたら、海が綺麗に見渡せる場所で感激する。

「いいね、この場所」

「晴れてるから海がキラキラ光ってる」

風が少しあって空気が冷たいのでテラス席に座ってるお客さんは一組だけだった。

その一組から離れた場所から海を見ていた私達だったが、その一組に料理を運び終えたスタッフがにこにこしながら私達に近付いてきた。

「写真お撮りしましょうか？」

「ありがとうございます」

遠慮なくスタッフにお願いをし、私のスマホを預けて二枚ほど、撮影してもらう。

澄晴さんとのツーショットの記念写真がまた増えた。

私達が席に戻るとオーダーしたドリンクが届く。

「澄晴さんはいつでもコーヒーだね」

夏場は主にアイスコーヒー、それ以外の季節はホットコーヒーを好んで飲んでいる。

澄晴さんはジュース類を飲まない。その他に飲むのはミネラルウォーターか稀に冷たい緑茶。

「愛茉は珍しくミルクティーなんだね。ダージリンにするのかと思った」

「寒い時に飲むアッサムミルクティーが好きなの。自宅でも寒い時は身体が暖まるからたまに飲んでるよ。ミルクを沸騰させて茶葉から淹れて飲むとお砂糖がなくても甘みがあって美味しいの」

「ふうん、そうなんだ。帰ったら今度、作ってくれる？」

「言ってくれれば、いつでも」

温かいうちに口に含むと濃く煮出してあるアッサムティーの渋みとミルクの甘みが合わさって、絶妙なバランスが美味しい。本格的に茶葉を使って淹れてくれるカフェでよかった。この一杯に幸せを感じる。

「愛茉はずんだ餅？　ずんだって枝豆？」

「主に枝豆らしいね」

澄晴さんとシェアしようと思い、唐揚げとオニオンリングのセットにご当地グルメのずんだ餅二個入りをオーダーした。澄晴さんはトマト入りチーズバーガーとポテトのセットをオーダーして、バーガーに付属してあったナイフで四分の一にカットし私に手渡す。

「バンズがふわふわで美味しい」

「俺、ずんだ餅をお代わりしたい」

「うん、ずんだ餅も美味しいね」

澄晴さんと過ごす何気ない時間が好き。

こういう時間を重ねて、新婚生活の隙間を埋めていきたい。


「わぁ、部屋からも海が一望できるね！　昨日の景色も星空も最高だったけど、このホテルも最高ね！」

「愛茉、ルームサービスで届いたシャンパン飲もうよ」

私が探したホテルは全部屋から海が一望できる。

澄晴さんが宿泊先はまとめて予約をすると言ってくれたのでホテルの部屋の予約もお任せした。そしたらまさかのまさか、スイートルームを予約してくれて、貸切温泉の露天風呂付きの最上階の部屋だった。

部屋の大きな窓から眺めれば広々と海が見える。テラス部分に出れば、オシャレなピール編みのテーブルと椅子が用意されていて、海を見渡しながらドリンクなどを楽しめるようになっていた。

和洋室の洋室部分には最高級メーカーのキングサイズのベッドがあり、アメニティも海外製のブランドで揃えてある。

タオルと一枚で羽織れるガウンは日本製で気持ちのいい手触りのもの。部屋用に着用してもいいし、館内や温泉に行くために着用してもいい浴衣も女性用は五種揃えてあった。

スリッパもふわふわで履き心地がいい。

和室の部分にはテーブルと座椅子が置かれていて、のんびりと過ごすことができる。

「綺麗ね……、ありがとう澄晴さん」

海を眺めながらシャンパンで乾杯をする。

「こちらこそ。愛茉と一緒に大好きな海を見ながらシャンパンを飲めるなんて幸せだよ」

「海を見てると広過ぎるからか、何にも考えないで見ていられるんだよね。不思議」

「確かに。だから、俺は一人で海にドライブに行ってたのかもな。山もそうだけど、自然に癒やされると心も浄化された気分になる」

肌寒いのでテラスでグラスに一杯だけシャンパンを飲み、記念撮影をしたりしてから部屋の中に戻った。

夕食はコース料理のある最上階のレストランに行き、中華のコースを堪能する。その帰りにホテルの中を探索して、それぞれ温泉に入ってから部屋に戻った。

中華のコースは物凄くお腹いっぱいになる。デザートのごま団子まで食べてしまったので、お腹がはち切れそうだった。

「温泉どうだった？」

「とってもよかったよ。身体もポカポカになったし」

残しておいたシャンパンを飲みながら、二人でテレビから流れる映像を眺めていた。

「愛茉、若草色の浴衣がとても似合ってるよね。こっち向いてくれる？」

浴衣は若草色の生地に蝶々がメインに描かれているものを選んだ。蝶々と白いボカシの円が可愛い浴衣。

食べ過ぎたことを澄晴さんに知られたくなかったので、テレビをぼんやりと見ている振りをしていた。本当はテレビなんて上の空で、澄晴さんとの夜の時間が気になってしまっているだけ。

「凄く、可愛い」

呼びかけても返事をしない私の頭に、隣に座っている澄晴さんが手を伸ばして優しく撫でる。

「……でも、すぐに脱がしたいんだけど」

思わず澄晴さんの方向を振り向くと目が合ってしまう。澄晴さんは浴衣を着ているせいか、色っぽさも増して大人の魅力は全開になっていて、妖艶な雰囲気に囚われてしまった。

何も答えられないままに身体が宙に舞う。

「す、……澄晴さん！」

問答無用にお姫様抱っこをされ、唇を奪われる。お姫様抱っこも初めてな上、その格好でのキスも初めてだ。

初めて尽くしな私はふかふかなベッドに降ろされ、澄晴さんから見下ろされる体勢になる。

「愛茉がヤキモチを妬いたり、不安に思わないようになるまで今から愛し尽くすから、そのつもりでいて」

結局、食べ過ぎたことすらどうでもよくなるくらいに私は澄晴さんに沢山の愛を刻み込まれて、貸し切り風呂に入ることなどできずにそのまま寝てしまった。

翌朝、目が覚めると澄晴さんは一人で貸し切り風呂に入っていたので見つからないように寝た振りをする。

一緒に入ろうと言われるのを阻止するため、澄晴さんが貸し切り風呂から上がるまではベッドの中に居よう。

二泊三日のプチ新婚旅行は、澄晴さんに愛されて甘やかされて過ごした濃厚な日々だった。

六、お腹に子が宿る

澄晴さんとお見合いをしてから十ヶ月が経とうとしていた。

新婚当初に愛されなかったと悩んでいた私だったが、澄晴さんから毎日のように受け取っている愛情のおかげで、綺麗にその悩みを取り去ることができた。愛されていないという不安はなく、幸せな日々を過ごしている。

竹井さんともこまめに連絡を取り合い、平日の非番の日に一緒に料理を作ったりして過ごしていた。職場では私の知らない澄晴さんが居るので、話を聞く度に、口には出さないにしても多少のヤキモチを妬いてしまう日はある。しかし、竹井さんから職場での色々な人間関係を聞くと笑いが絶えない。これからも仲良くしてほしいと思いながら、一緒に作るメニューを探したりしていた。

そんな毎日を過ごしながら、私と澄晴さんは二人だけの生活も充分に楽しんだという結論に達して、ついに子作り生活をスタートさせる。

「よろしくお願い致します」

「こちらこそ」

ベッドの上でお互いに向かい合って正座をして、三つ指を立てて頭を深々と下げる。目が合った瞬間にお互いを見ては笑い合う。

「ふざけ過ぎだよ、澄晴さん」

「愛茉が先に始めたんだろう」

澄晴さんに軽く羽交い締めされるような格好で押さえられる。

「わ、びっくりした！」

「隙あり、だよ。……愛茉」

そんな体勢のまま、顎をくいっと上向きにされて唇を奪われ、お揃いのパジャマの中に手を入れられる。澄晴さんに教えられた甘い蜜のような時間を知ってしまってから、身体はすぐに反応してしまう。

「まだキスしかしてないのに、俺をそそのかすような顔をして悪い子だ。お仕置きが必要だな」

ニヤッと笑い、突然Sのスイッチが入って豹変する澄晴さん。身体を重ねる日の翌朝は寝坊してしまうほどに澄晴さんに甘く攻め立てられる。

「んぅ、……や、だ」

「明日は休みだからたっぷりとお仕置きも子作りもできるな……」

ずっと帰りが遅かったり、休みを返上した日もあったりで澄晴さんと久しぶりに肌を重ねる。

悪ふざけをしているのは私なのか？　はたまた澄晴さんなのか？

今までは避妊していたけれど、今日は避妊しない。それも澄晴さんと話し合って決めたことだった。

どちらの両親からも孫が欲しいと言われていたが、もう少しだけ恋人同士を楽しみたかった私達は取り繕った笑みを浮かべていただけだった。

けれどもついに子作り生活がスタートし、近い将来に可愛い赤ちゃんを授かりたいと切に願う。

「……っ、赤ちゃんできたかな？」

「どうかな？　勿論、できてたら嬉しいけどタイミングもあるだろうし。その辺のタイミングのことは俺にはよく分からないから愛茉に任せる」

蕩けそうなくらいに濃密な時間が終わり、私は裸のまま澄晴さんに問う。ベッドの下には下着やパジャマが散乱している。

「はい、先にシャワー浴びておいで」

先にベッドから降りた澄晴さんは、私にパジャマと下着を渡した。

シャワーを浴びながらお腹をさすり、赤ちゃんができますようにと願う。澄晴さんとの赤ちゃんは可愛いに決まっている。早く会いたいな。

子作り生活をスタートさせて、二ヶ月が経ったある日のこと。

「愛茉、食欲ないの？　最近、あんまり食べてないんじゃない？」

朝食時、澄晴さんにそんな指摘をされた。

確かにここ何日か、胃がムカムカして食べたい物も満足に食べられない。食卓には澄晴さん用の朝食は並んでいるが、私の分は麦茶だけ。

「お腹が空くので食べたいんだけど、食べると胃もたれするし、物によっては口に入れても美味しいと思えないんです」

「愛茉、もしかしたら……妊娠してるんじゃないの？」

澄晴さんは冷静に返答してきた。

「やっぱり、そうなんでしょうか」

月のものがこないのでおかしいとは思っていた。稀に遅れる場合もあるので様子を窺っていたが、十日は予定日を過ぎている。しかし、一向にくる気配はない。

「そうだといいね。今日はもう出勤しなきゃいけないけど、どうしても体調悪かったりしたらすぐに連絡して。病院に連れて行くから」

「はい、ありがとうございます」

澄晴さんは朝食を済ませ、慌ただしく自宅を出ていった。慌ただしい中でも、〝行ってきます〟のキスは忘れずに交わす。

私は澄晴さんが自宅を出た後、自分の部屋の引き出しにしまってあった妊娠検査薬を取り出した。

もしかして……！　と期待を込めながら、検査薬を試す。

「わぁ……！」

予感は的中し、陽性の線がくっきりと出ている。私は澄晴さんの子を身ごもることができた。

早速、検査キットが陽性になった証拠を残して澄晴さんにメッセージ付きで送信する。

いつも勤務中はすぐに返事をもらえないけれど、メッセージアプリはタイミングよく既読になった。

そして、すぐに『やったな、おめでとう！』と一言の返答がくる。相変わらずスタンプも何もない文字だけの返答だが、きっと澄晴さんは喜んでいるに違いない。

舞い上がるのはまだ早いのかもしれないが、パパとママになったお祝いをしたい。

そうだ！　澄晴さんとお祝いしたいから奮発して夕食はすき焼きにしようかな？

『今日の夕食は和牛のすき焼きです』と送信し、澄晴さんから『了解』と返ってきたのでスマホを閉じて、買い物に行く支度をする。

夕食の買い物に行く前に本屋さんに立ち寄り、初めての出産という雑誌を購入した。澄晴さんが帰るまでにお勉強しておかないと……！

その後は喜びが溢れているハイテンションの気分のまま、買い物へ出かける。

いつものお肉屋さんに寄り和牛を多めに購入すると店長のおじさんが豚ひき肉をオマケで付けてくれた。スーパーに寄るとねぎと豆腐が特売で安く購入でき、いいことづくめだった。

全ての荷物を手に持ち、バス停まで歩く。今日は荷物が多いからバスで帰ろうと思った。

バスが来て、足を踏み入れた瞬間に左骨盤の辺りに痛みを感じる。

痛っ！　今の痛みは何だろう？

電気が走ったみたいに急な痛みがあったが、椅子に座ったら何ともない。変なの。

私はバスに揺られ、自宅付近で降りる。荷物を持ち、エレベーターに乗るが先ほどの痛みはこなかった。

午前中のうちに掃除を済ませて午後から出かけたので、澄晴さんが帰宅する時間までに乾いた洗濯物を畳んでしまい、食事の支度をする。連絡があり次第、お風呂のお湯を張る以外は自由時間。

明日の午前中は家庭菜園用の準備もしたいなと思っていたし、つわりが始まるまでに色々とこなしたいことがある。無理しない程度に頑張らなくては。

洗濯物も食事の下準備も完了し、休憩を兼ねてのティータイム。

澄晴さんが教えてくれたお気に入りのフルーツティーはノンカフェインだから安心して飲める。アプリコットブレンドも美味しい。

最近、あんなに好きだったフルーツも美味しいと思わなくなったりしていたが、ほんのりと甘いフルーツティーは美味しいと感じられたので安心した。

ティータイムをしながら、初めての出産という雑誌を見る。先ほどの骨盤痛は妊娠初期に現れたりするので心配がいらないと書いてある。よかった、流産や病気とかではなくて。

私の知らないことだらけで夢中になって読んでいて、時間を忘れてしまうところだった。

スマホのアプリにメッセージが届いた音が鳴った時には既に十九時を過ぎていた。澄晴さんが今から職場を出るらしい。お風呂のお湯を張らなくては……！　随分と長い間、没頭してしまった。

帰宅した澄晴さんは私が玄関に出迎える前に靴を脱いで、一目散に私に駆け寄る。

「愛茉、おめでとう！　今日一日嬉しくて仕事も上の空になりがちだった！」

強く抱きしめてくる澄晴さんの背中に手を回し、私もギュッと抱き着く。

「正確には分かりませんが、産まれてくるのは一月中旬くらいかな？　と思います」

「愛茉似の可愛い子がいいなぁ。今から楽しみで仕方ない」

澄晴さんは余程嬉しかったのか、はしゃいでいるように見える。

「お祝いだからケーキ買って来たんだ。閉店間際だったから種類は沢山なかったけれど……」

ケーキの箱が見当たらないと思えば、玄関先のシューズ収納の上に置いてきたらしい。喜びが大きくて、とにかく私に早く会いたかったと澄晴さんは言い、置き去りにされたケーキの箱を取りに行く。

中くらいのケーキの箱の中にはギッシリと色とりどりのケーキが詰まっていた。食べきれないかも……。

「ケーキありがとうございます。でも、食べきれなさそうかも……」

「俺、チーズケーキかモンブランならば食べられる。後は明日、お義母さんを呼んでお茶したらどう？」

「そっか、それもいいね」

私は早速、どちらの母達にも『話がある』とメッセージを送ったら快く来てくれることになった。

数日後、検査のために産婦人科に訪れると【妊娠一ヶ月】と診断される。

産婦人科医の話を共に聞きたいと澄晴さんは急遽、有給を取得して一緒についてきた。

私達は渡された母子手帳を見て幸せを噛み締める。この手帳に赤ちゃんの記録が記載されていく。本当に妊娠したのだと実感が湧くなぁ。

澄晴さんは私が身ごもったと知ってから、なるべく早く帰宅するようになった。

二ヶ月頃、つわりの症状も出てくるようになり、体調が悪い私の代わりに家事も手伝うようになる澄晴さん。

「ごめんね、澄晴さん。疲れてるのに洗い物をお願いしたりして……」

「気にしないで、愛茉は座ってて」

澄晴さんはつわりが酷くてぐったりしている私の代わりに、夕食の後片付けをしている。

歩いて買い物に行く自信がなく、ネットから宅配サービスを利用して、簡単に調理できる食材を購入していた。

食材は予めカットされたり調理されているものなので、主に温めたり、炒めたりするものばかり。私がキッチンに立てない時は澄晴さんが自ら調理していた。

片付けが終わり、私が座っているソファーの前にあるテーブルにノートパソコンを置く。

「愛茉、米粉パン食べる？」

隣に座った澄晴さんは膝の上にノートパソコンを移動させ、宅配サービスのサイトを開きながら私に訊ねた。

「ありがとう、お願いします」

最近では澄晴さんが自分でネットから注文する時もあり、私が食べられそうな味がついてなさそうなパンなども一緒に購入してくれる。画面を見ているだけで目が回ったみたいに気持ちが悪くなる時もあるので、正直ありがたい。

「愛茉、トイレットペーパーとかも注文しちゃうね。ティッシュもついでに」

先週も注文したので、まだ在庫はあるのだが……まぁ、いいか。ありがたいのだけれど、澄晴さんが張り切って注文すると消耗品は在庫が溜まっていく。いずれ使うものだし、私の代わりに注文してくれているのだから咎めたりはしないけれど。

「次の検診いつだっけ？　有給出せたら、一緒に行くよ」

ネット注文が終わった澄晴さんはノートパソコンを閉じ、テーブル上に置く。

「ありがとうございます。確認しますね」

私と一緒に出産や育児について学び、都合のつく時は病院にも一緒に行く。本当にできた夫である。

「愛茉の体調が落ち着いたら、赤ちゃん用品も少しずつ揃えていこう」

「ベビーベッドとかベビーカーなどは実際に見てから購入したいです」

「そうだな。使いやすさや大きさもあるからそうしよう」

澄晴さんは私の肩をそっと抱き寄せて、「楽しみだな」と呟く。私も澄晴さんに身を任せるように頭をコツンと胸板につけた。

つわりで辛かった時期は一時だったようで、現在は安定期に入り体調も安定している。

澄晴さんにほとんど任せてしまっていた家事も少しずつ自分で再開し、現在は以前のようにこなしている。食欲も戻り、何でも美味しいと感じて、大好きなフルーツも糖分を取り過ぎないようにしながら食べていた。

安定期に入ったので、澄晴さんが提案してくれたように少しずつベビー用品を揃えていく。

澄晴さんのお休みの日にベビー用品が豊富に揃っている大型デパートに連れて行ってもらう約束をして、今日が約束の日。

「体調、大丈夫か?」

駐車場に着くと真っ先に降りて、私のドアを開けて手を差し伸べる。過保護過ぎて、まるで私の護衛みたいだ。

「ん？　大丈夫だよ。澄晴さんは心配し過ぎです」

車での移動時間は一回十分程度の休憩を挟んで、約一時間半。その間に何か変化はなかったか？　と本人以上に気にしている澄晴さん。身ごもったと分かってから、必要以上に心配症。身体の方は特に異変は感じられないし、気分も良好である。

「一時間半も車に乗ってたら負担もかかるんじゃないかと思って」

「安定期でも後半じゃないから腰にも負担はかかってないし、休憩も取ってもらえたから気分も良好だよ。もしも、体調に異変を感じたらすぐに伝えるから」

「異変を感じてからじゃ遅いだろ」

澄晴さんがあたふたしている。こんなことでは子供が産まれてからも過保護過ぎるのが目に見えて分かる気がする。

「澄晴さん！　捜査二課の指導者でありながら、こんなにも過保護だと皆に知られたら笑われますよ！　私は大丈夫だから、必要以上に心配しないで下さいね」

駐車場からデパートの入口までの道程を歩きながら、澄晴さんに強い口調で伝える。

澄晴さんは少し間を置いて「……分かったよ」と拗ねたように呟いた。更には「愛茉って外見はお義母さんに似てるのに、性格は時々、警視総監似だよなぁ」とひとりごちた。私に聞こえてますけど……！

「……まぁ、愛茉が怒ってる時の顔も可愛いから許すけど」

私の護衛をするかのように後ろからゆっくりと歩いていた澄晴さんだったが、いつの間にか横並びになって、そっと私の左手を取って手を繋いだ。

「す、……澄晴さんの使い分けスイッチがよく分からない。私とふざけて話してる時に仕事の電話かかってくればすぐに豹変するし、たまに拗ねるし、……夜だって、あれは……」

仕事の電話がかかってきた時の澄晴さんは顔つきが凛々しくなり、私をベッドに誘う時の澄晴さんは急に雰囲気が甘くなる。そして、時には子供みたいに甘えてくる日もある。どの澄晴さんも本人に間違いないのだが、そのギャップにドキドキしてしまうのだ。

夜の大人の時間の時もSっ気があるかと思えば、それは私を蕩けさせるためのことだろうし。妊娠してからはキスだけしかしてないけど、澄晴さんはそれで平気なのだろうか……。

「夜だってあれは？　何のこと？」

澄晴さんにふと視線を向けると、斜め上から色気のある表情をして私を見ていた。

フェロモン出し過ぎだから！　しかも、どうせお見通しなのに知らない振りをしているから憎たらしい。

うぅ。火照りを帯びた頬を見せたくないので唇を噛みながら目を逸らすと、澄晴さんは勝ち誇ったようにクスクスと笑っている。

絶対に先ほど、澄晴さんを叱った仕返しなのだろう。私がまだ子供みたいな反応をすると思って反撃してきたのだと思われる。いつもみたいに面白がっての仕業だ。

「えーま」

「な、何？」

「お昼食べてから買い物しようか？」

私が黙り込んでしまって、気まずくなったのを悟った澄晴さんは自分から話しかけてくる。

「澄晴さんは何が食べたいですか？」

「今日は愛茉の好きな物にしよう。俺は仕事柄、昼は外食もあったりするけど、愛茉は身ごもり中で友達とランチもなかなかできないと思うから遠慮なく決めなさい」

「……ありがとう。カフェでもいいのかな？」

「愛茉が気に入る場所ならどこでも」

以前、パンケーキなどは苦手と言っていた澄晴さんが、可愛いカフェやスイーツが出るようなお店でも、今では自分のために嫌がらずに行ってくれる。

「ありがとうございます……！」

感極まってお礼しか口に出せなかったが、胸の内はキュンキュンしていて苦しいくらい。

澄晴さんの優しさが舞い降りてくる。こういうさりげない気遣いが大好き。

私達は真っ先にカフェに向かって進んでいく。このデパートの下調べをした時、私のお気に入りのカフェがあった。国内に五十店舗はあるチェーン店だが、メニューは野菜とメインのバランスがよく、味も美味しいので学生時代から気に入っている。

「間一髪で間に合ってよかった。危うく行列入りするところでしたね」

「そうだな。愛茉は妊婦だから、待ち時間がない方がいい」

時刻は昼の十二時を過ぎた頃だった。お昼時なので、私達が入った時もラスト一卓しかテーブルがなく、ギリギリセーフ。私達が席に座った時から、お店の外にある椅子に行列ができ始めていた。流石人気カフェだなぁ。

「澄晴さんは何にしますか？　私はホットサンドのセットにします」

「俺はオムライスのセットにする」

私のドリンクはノンカフェインのジャスミンティーで澄晴さんはアイスコーヒーにした。

「私はデザートセットにしたので、ホットサンドを一つあげます」

「お腹空くだろ？」

「大丈夫です。食後にケーキくるから」

ホットサンドの付け合わせに十種類の野菜が入ったサラダとキノコのクリーム系のスープ、フルーツ入りヨーグルトの組み合わせ。ホットサンドもローストビーフの他に千切りの紫キャベツや細切りの人参など数種類が挟まれている。

私には野菜が盛り沢山でボリュームたっぷりだけれど、澄晴さんには物足りないかもしれない。

「旬のシャインマスカットのケーキ、美味しそう！　澄晴さんも食べてみる？」

「いや、いい。愛茉の幸せそうな顔を見られるだけで充分」

「そぉ？　じゃあ、遠慮なくいただきます！」

妊娠してからは糖分、塩分などの摂り過ぎに気を付けていたから、甘い物がとてつもなく美味しく感じる。

今日は澄晴さんとお出かけしてるからいいよね？　明日からまた気を付ければ大丈

夫だよね？　と自問自答しながら、フォークでケーキを掬って口に放り込む。シャインマスカットと生クリームの甘さが身体に染みていく。

「愛茉、頬に生クリームついてるよ」

紙ナフキンを手に取り、さっと拭いてくれた澄晴さんは私を見て笑っている。どうして頬に生クリームがついたのかさえも分からずに夢中になっていた私。

「愛茉が低カロリーのオヤツしか食べてないの知ってたよ。だからこそ、ケーキがより一層美味しいんでしょ？」

「……うん」

「赤ちゃん産まれて外食行ける時が来たら、愛茉が好きな物を食べに行こう。そして、愛茉が頑張ってるご褒美も買いに行こうな」

「食べたい物はあるけれど、欲しい物はないかもしれないよ？」

「まぁ、そう言わずに。ゆっくり探せばいいよ」

澄晴さんは私の頭を優しく撫でて、甘やかな言葉をくれる。

妊娠してからは積極的に家事も手伝ってくれるし、お休みの日は買い物に車を出してくれるようになったし、過保護なくらいだ。

どこまで私を甘やかしたら気が済むのだろうか？　……まぁ、悪い気はしてないのが本音だけれども。寧ろ、澄晴さんに甘やかされて嬉しいとさえ思ってしまう。

　昼食をカフェで済ませた私達は、ベビー洋品店でお目当ての商品を見て回る。

「これこれ、これが使いやすいって雑誌に書いてあったの」

　澄晴さんと一緒にベビーカーのコーナーを見ながら、見本で置いてある物を押して試してみる。

「確かに軽くて使いやすい。在庫はあるかな？」

「え？　今日、ベビーカーもチャイルドシートも購入するの？」

「大きい物は俺が居る時の方がいいよ。出産はまだ先って思ってても、きっとあっという間だと思うから」

「そっか。じゃあ、在庫を見てもらおう」

　スタッフさんを呼び、在庫を確認してもらうとどちらも人気商品で在庫なしだったので、入荷次第に自宅まで配送してもらうことになった。

　思えば、この時、在庫なしでよかったと後ほど思うことになる。

その他、哺乳瓶を消毒するケースや消毒液など必需品を色々購入。

私達は購入品をカートに乗せ、デパートの中を見る前に一旦荷物を車に置きに行こうと話していた。身軽になってからショップを見て回ろうと計画する。

けれど駐車場まで移動する通路にはベビー服のショップが並んでいて、目を奪われてしまう。

「かっわいぃ～！」

くまちゃん柄とかカエル柄とか、シンプルなパステル系の色合いのロンパースなどがそこに並んでいた。新生児期のサイズは特別小さくて可愛過ぎる。

「性別は男の子の予定だったよな？」

「うん。男の子の予定だよ。万が一の時もあるだろうから、どっちでも似合うのがいいかな？」

うさちゃんも可愛い。でも、男の子だから違う方がいいかな？

澄晴さんも一緒に見ている。まるで捜査中の刑事さんみたいに真剣に一つ一つ手に取って見ていた。見本に飾ってあるロンパースをめくって裏側を見ていたので、何を確認してるのかと思えばタグだった。製品表示を確認していたらしい。

「綿百パーセントの方が肌に優しいのかな？」

「そうだね、そうかもしれない」

綿百パーセントだと優しい肌触りだから、赤ちゃんも肌荒れせずに心地良く使えるかな？

どちらも綿百パーセントの物で澄晴さんが選んだカエル柄と私が選んだくまちゃん柄に決めてお会計をする。

お会計を済ませた後、澄晴さんがカートを押しながら「よし、今度こそ駐車場に行ってからな」と言った。私は横に並びゆっくりと歩いていく。

もう立ち寄らないようにしないと！　もう一度戻ってくるのだから。可愛いベビー服ショップが私を誘惑してくる。見ない、見ない……。視界に入れない。

「キャーッ！」

「やだー、こっちに来ないでー！」

そんな時、正面から多くのお客さんが次々に走ってきた。悲鳴と共に逃げ惑っているようにも見える。

私にぶつかりそうになった人が居たので、澄晴さんが咄嗟に庇ってくれた。

「駐車場まで先に行けるよな？　荷物は後から俺が持っていくから、自分の心配だけして構わず先に行け」

何かを察した澄晴さんは私を先に逃がそうとしている。澄晴さんの顔を見ると、私に視線を遣った後前方に向き直った。

「え?」

私は状況を把握できておらず、頭が混乱してしまう。

「……早く、行けっ!」

澄晴さんの視線の先を目で追うと、刃物を振り回す中年男性が暴れていた。

「わ、分かった……!」

このままここに居れば、確実に澄晴さんの邪魔になる。身重な私に柔道の技は決められないので、一緒には戦えない。

お客さんを誘導しながら、刃物男の方に走っていった澄晴さん。それに気付いた刃物男が澄晴さんを標的にしようと狙いを定めてヨロヨロと歩いてきた。

そんな時だった。逃げてきた年配の女性が澄晴さんに助けを求め始めたのだ。このままだと、澄晴さんとあの女性が危ない。

一か八か、届くかな? 私はカートをガラガラと押して限界まで近付き、最大限の力を振り絞って刃物男を目掛けて勢いよく押す。購入した商品でそれなりの重みもあったし、刃物男は澄晴さんしか見ていなかったので運よく当たった。

「い、てぇな」

男の気を逸らすことには成功したが、刃物男の鋭い視線がこちらを射貫く。

「お願い、その人警察官だから、安心して下さい！　私の方に来て！」

男の視線を受け、私は背筋にヒヤリとしたものが走るも、女性に向かって目一杯叫んだ。

「お願いだから、私のところまで走って――！　一緒に逃げましょう！」

「……愛茉！」

隠れていたのか、近くの物陰から出てきた男性が女性を澄晴さんから引き離し、背中に背負ってこちらへ走ってきた。

私はボロボロと自分の頬を伝っていく涙に気付く。身体の震えを抑え込むように、拳を握った。警察官の父と夫が身内に居るが、こんな場面に出くわしたのは初めてで、どうしようもなく怖い。

以前に不審者に絡まれたのとは訳が違う。今回は包丁を持ち、誰彼構わずに無差別に刺そうとしている。

背負っていた男性が私の近くまで来て、一旦女性を降ろした。女性は、降ろされたと同時に「私は腰が抜けそうだった、から……申し訳ないねぇ」と言いながらペタンと座り込んだ。

「とにかく二人共、落ち着いて。店側が通報しただろうし、警備員ももうすぐ駆けつけるだろうから、大丈夫」

男性は優しく声をかけてくれて、私達を落ち着かせようとした。彼は二十代前半くらいに見える。

「あ、私……、父に電話します」

そう言って警視総監の父に電話をかけるとすぐに出てくれて、小声で話した。両親にはデパートに行くと知らせてあったので今の状況を簡潔に伝える。父と話している間に気持ちが落ち着いたような気がしたので、三人でデパートの外に出ようと決意するが澄晴さんの様子が気になり、何度も振り返りながら逃げようとするが……。

「離せよ！　俺のことを馬鹿にしたような目で見てきたあの女は許せないから刺してやる……！　刺してやるんだよ！」

刃物男のそんな話し声が聞こえた瞬間、私は立ち止まった。恐怖で足が竦んでしまうが、澄晴さんの居る方向に目を向ける。

事件現場からショップが五軒ほど並んでいる先にいた私。せっかく逃がしてくれた澄晴さんのために遠くへ行きたいと思っているけれど、気になってしまい……目が離せない。

「愛茉には指一本触れさせせねーよ」

刃物男は駆けつけた警備員に背後から取り押さえられても尚、包丁を振り回している。右手には包丁で左手にも何かを持っている……？　液体？

小さい瓶に入っている得体の知れない液体が薬品ではないと祈りたい。そしてそれを割ったり、開けたりしないでほしいと切に願う。

「離せ、……離せってんだよ！」

「愛茉をあの女呼ばわりした上に狙おうとしたなんて、お前を絶対に許すわけにはいかない」

澄晴さんが刃物男と何か会話をしているが上手く聞き取ることはできない。

澄晴さんは動じずに立ち向かっている。刃物男は包丁を振り回し、背後で押さえている警備員の顔に向けようとした。それを阻止しようとして刃物男に左上腕を刺されてしまう。

「……っ」

「隙ありなんだよ、お前。警察官のくせにな、素人に刺されてやんの。人を庇ってないで、さっさと逃げるのが身のためじゃないのぉ？」

刃物男はニヤニヤしながら澄晴さんを挑発する。刺された左上腕からは血が流れ出す。私は息を呑んだ。

澄晴さんが刺された……？　絶望してしまい、声が出ない。

「逃げるわけないだろーが。刺したって言ってるけど、かすり傷だけどな？　……警備さん、腕を放してくれます……か？」

「あ、はい……！」

澄晴さんは警備員さんに押さえている腕を放すように指示した。そそくさと警備員さんは腕を放し、周囲に隠れている人を誘導している。

身軽になった刃物男は血の滴る包丁を右手に持って澄晴さんにけしかける。

澄晴さんは右足を刃物男の左足にかけ、通路に投げ飛ばす。

「いっ、た……」

刃物男から悲痛の叫びが聞こえたが、澄晴さんも痛みが酷いのか、苦痛に耐えてるように辛そうな顔をしていた。

逃げられないうちに覆いかぶさり、包丁を必死に奪う。

ぐっと包丁を握り込んだ刃物男から、澄晴さんは力が入りにくくなった腕で、やっと包丁を取り上げることに成功した。

「お前はもう刑務所行きだ」

更には痛みを我慢しながら男を確保しようとしたが、小さな子供が逃げ出そうとして澄晴さん達がいる近くの物陰から出てきたことに気付く。刃物男もそれに気付き、子供の方に行こうとして抵抗する。

その瞬間、刃物男は隠し持っていた小さなナイフを取り出し、澄晴さんが脇腹を刺されてしまう。

「痛てぇだろ、……脇腹刺してやったからな」

いひひ、と気味の悪い笑みを浮かべた刃物男。

「……っ」

血が滴り落ちる中、澄晴さんは職務を全うして、刃物男の腕を掴み床に押さえ込んで離さなかった。澄晴さんの手を振り切ろうとして、ヨロヨロと起き上がろうとした刃物男を応援に来た警察官が確保する。

「お疲れ様です。捜査二課、明城本部長」

別の警察官達が澄晴さんに挨拶をすると澄晴さんはそっと目を閉じた。

「あ、あ、……す、ばる……さん？」

早く駆け寄りたいのに身重だから走れない。

先ほどのような震えが再び私の身体を襲う。でも、澄晴さんの元に行きたい！

「澄晴さん、……澄晴さん！」

「え、……ま……」

澄晴さんが倒れている傍に寄り添う。私の頬に手を伸ばそうとした澄晴さんだったが、急に意識を失う。

「や、だ……！　澄晴さん……！」

私は大きな声で泣き叫ぶ。張り裂けそうな思いを大きな声にぶつける。

「救急隊が来ました！　こちらです！」

警察官が救急隊の隊員を上手に誘導し、応急処置を済ませた澄晴さんが担架に乗せられる。私を見つけた警察官の方が「この方が身内の方です。妊婦さんなので一緒に行けるかどうか」と救急隊員に説明していたので一緒に乗って行くと即答した。

「おねーさん、おばあちゃんは俺に任せて！　お大事にね」

年配の女性と共に待っていた男性は、待機していた場所から私に大声で伝える。私は深々とお辞儀だけをして、救急隊の方と一緒に移動する。その間も、手と足の震えが止まらなかった。

父から澄晴さんのご両親に連絡をしてもらい、すぐに病院に来てもらうことになった。お互いの両親が駆けつけたが、取り乱しているのは私だけで誰も何も発さない。

手術は二時間が経過しても尚、終了せずに皆がそわそわしていた。

それからしばらくして、手術中のライトが消えて自動扉の前に皆が駆け寄る。

「手術は無事に成功しましたが、予断を許さない状況です」と搬送先の病院の医師から告げられた。その時に初めて、澄晴さんのお母さんが声を上げて泣く。ずっとずっと我慢していたのだろう。

澄晴さんは集中治療室へと移動し、私達は別室で説明を受ける。

一旦帰宅して入院に必要な物を取りに行くことになったが私は母に「疲れただろうから私が持っていくから大丈夫よ」と言われたが「私が澄晴さんの妻です。私が行きます」と言い切り、母の反対を押し切った。そんなやり取りを聞いていた父が車で送迎してくれることになり、三人で再び病院へと向かう。

澄晴さんは数日間、集中治療室にお世話になったが、峠は越えたとのことで個室へと移動した。一向に目を覚まさない澄晴さん。

病院の取り計らいもあり、毎日往復の距離と私の身体の負担を考えて、目が覚めるまでの約束で簡易ベッドを用意してくれた。澄晴さんの隣に付き添いという形で寝させてもらえることになった私。

静まり返った部屋で心電図の音しか響いていない。不安な夜を過ごすが、朝が来ても目を覚まさない澄晴さん。

もう泣き過ぎて涙が枯れそうだ。何度も何度も呼びかけるが反応がない。

病院に運ばれて処置が終わってから、三日三晩経っても目を覚まさない。私も限界が来て、交代で見舞いに来た母の前で泣き崩れた。溢れる涙が止まらない私の肩に、母は手を置く。

「愛茉、貴方がしっかりしなきゃ、お腹の赤ちゃんは誰が守るの?」

強い口調で母親に言われ、ハッとした。

「澄晴さんは貴方と赤ちゃんのところに戻らないような無責任なことはしないわ。気を確かに持ちなさい」

そしてベッド脇に椅子を置き、項垂れていた私の肩にブランケットを掛けてくれた。

いつも優しい母は稀に気丈な顔つきを見せる。これもきっと、危険と隣り合わせの職業である父を三十年以上支えてきたからこその落ち着きようなのだろう。

「……そうだよね、しっか……り、しなくちゃ」

いつまでも泣いてばかりはいられない。警察官の妻として、この子の母親としてしっかりしよう。唇をキュッと噛み、涙が零れるのを我慢する。

「……澄晴さん」

母が見守る中、もう一度、澄晴さんの名前を呼ぶと彼はうっすらと目を覚ました。

「す、澄晴さん？　澄晴さん！」

「え？」

母も驚いて澄晴さんを確認する。まだ声は発さないが、間違いなく目を開けている。

私は「よかったぁ」と言って、力が抜けたようにベッドに顔を埋める。

安心したのも束の間、眠気が一気に襲ってきて瞼が閉じそうだ。

「愛茉、ナースコールで先生呼ぶから、先生の診察が終わって退出したら寝なさい」

「……うん、ありがとう」

先生の診察により、意識が回復すれば問題ないとのこと。寝不足で眠気が限界だった私は母の命令により、ベッドで横になる。澄晴さんを一目見てから瞼を閉じると、瞬間的に夢の世界へと誘われた。

目が覚めた時、病室に母の姿はなかった。カーテンが閉めてあり、薄明かりのみがついている。

時間を確認すると二十時を過ぎていた。もう、そんな時間か。それならば母だって居ないよね。

「……愛茉?」

僅かながら聞き慣れた声が耳に入った気がした。声のする方向を向くと澄晴さんがベッドのリクライニングを少しだけ起こして、こちらを向いていた。

酸素マスクも付けてないし、心電図も測ってないみたい。

「愛茉、ごめんな。心配かけて……」

寝起きでぼんやりとしていた頭と身体。そんな私だったが澄晴さんのはっきりとした声を聞いた時、一瞬にして脳が覚醒し、ゆっくりとベッドから降りてスリッパを履いた。

「澄晴さん、よかった……、よかったぁ」

意識が回復し、状態が安定したことが嬉しくて澄晴さんに勢いよく抱き着いてしまう。

「い、いた。愛茉、……ちょっと痛い……、かも」

「わ、わぁ！　ご、ごめんなさい！」

私が離れようとすると「俺から抱きしめてもいい？」と両手を広げてくれた。

「はい、お願いします」

優しく包み込んでくれる両腕。澄晴さんの温もり。全てが愛おしい。

私が寝ている間に意識が回復し、次第に会話ができるようになったらしい。母はそれを確認した後に「愛茉をお願いします」と澄晴さんに頼んでから帰ったみたいだ。先生や看護士さんが処置して下さってる中で私は寝ていたので、恥ずかしくて堪らない。

澄晴さんの温もりを満喫した後、彼のベッドの端に座らせてもらう。

「愛茉に怪我がなくてよかった。俺は警察庁組で実戦に出てないから、いざと言う時はやはり、弱いなと実感した。所轄の刑事の方がいかに実戦に強……」

「澄晴さん！　澄晴さんは自分を犠牲にしてまで立派に民間人を守ったじゃないですか！　私は澄晴さんが寝たきりなんじゃないかと心配で、心配で……」

澄晴さんは自分の怪我の心配よりも、刃物男に二箇所も刺されてしまったことが悔しいと訴えたいのだろうが……私は賛同できない。

「分かった、ごめん。俺が悪かった」

「澄晴さんは警察官かもしれないけど、私と赤ちゃんの家族でもあります。だから、無茶しないで私を気遣うように自分の心配もして下さい！」

私は涙を浮かべながら澄晴さんに気持ちを吐き出す。

「……うん、そうだな。家族も増えるのだから、三人で幸せにならなきゃな」

「……はい」

澄晴さんは、我慢できずに涙の粒を零してしまった私の目尻に指を当てて、そっと拭う。そのまま抱き寄せられ、澄晴さんの胸元に収められる。

「前屈みはお腹の赤ちゃんが苦しいと思うから、手を重ねよう。これなら愛茉も俺も辛くないよな」

頭をなでなでしてもらい、引き離される身体。澄晴さんは私の右手にそっと左手を重ねた。

「はっきりとは覚えていないけど、死んだばーちゃんとじーちゃんが川の向こう岸に見えたから渡ろうとした。でも、誰かが呼ぶ声が聞こえて……愛茉かな？　と思ったんだけど、パパーって呼んでたから赤ちゃんかな？」

澄晴さんは淡々と話をしているが、その川はもしかしたら俗に言う三途の川では？

私はゾッとして身震いをする。

「赤ちゃんかもしれないけど……その川は……」

「あぁ、きっと三途の川だろう。先生から直接聞いたけど、刺し傷が脾臓まで到達していて出血も酷くてヤバかったみたいだな。ただ、救急隊の方の応急処置が非常によかったのと回復力が凄まじいから助かった……と」

危険な状態だったのに全く動じてない。私の身体の心配は異常なまでにするくせに。本当に……自分のことは二の次三の次にする人だなぁ。

「澄晴さん、また怒りますよ。今回は自慢話で済む話じゃなくて、一大事なんですからね！　もっとご自愛下さいね」

人の気持ちも知らないで。私は言い切った後に、ふんっとそっぽを向いた。凄く心配で、悲しくて、寂しくて……この気持ち、澄晴さんには届かないのかな？

「また、泣いてる。……愛茉が俺をどれだけ大切に思ってくれているのか、充分に分かったよ。ありがとう」

「今更……、遅いですよ」

「怒ってる愛茉も、拗ねてる愛茉も、泣いてる愛茉も可愛いけど……、やっぱり笑ってる愛茉が一番可愛いな」

「また、そんなこと言って誤魔化そうとしてる……」

私が拗ねていると、「俺からも愛茉に言いたいことがあるんだけど」と前置きをしてから澄晴さんは私に問いかける。

「断片的にしか思い出せないんだけど、先に逃げろって言ったのに愛茉はカートを被疑者にぶつけたよね？」

ギクリ。私は身に覚えがあり過ぎて目が泳ぎ出す。そこはもう覚えてなくてよかったのに。

「あー……、えーと、そうだったかな？」

私は覚えてない振りをして誤魔化す。

「危険だから、あんまりお転婆なことはしないこと。それから、その荷物はデパートで預かってくれていて、後ほど部下が車と一緒に取りに行ってくれるから心配しないで」

澄晴さんは目が覚めてスマホを確認した時に、部下からメッセージが入っていたと言っていた。

「ありがとうございます。……これからは大人しく慎ましく過ごします」

「いや、危険なことでないなら大いに好きなことをして楽しんで。俺はまだ入院生活が続くみたいだから、帰宅するまでは実家で過ごしてもいいと思うんだ」

「うん、でも、ガーデニングがあるから自宅で待ってるよ。枝豆とかミニトマトとか何日間か放置しちゃったから、お世話しなくちゃ」

澄晴さんが事件に巻き込まれてから、お水もロクにあげてないし枯れてないといいけれど……。

「そうか。俺は明日からリハビリしなきゃいけないらしい。足を刺されたわけじゃないのにな」

「そうなんだ。まだ脇腹も左腕の傷口も痛いと思うから無理しないでね」

澄晴さんと話し込んでいると、見回りに来た年配の女性看護士さんに「仲がいいのはいいけど、お互いに身体を気遣って程々にね。そろそろ電気を消してお休み下さいね」と注意を受けた。二人で「怒られちゃったね」と笑い合う。

私達は名残り惜しいのもあるが寝る前の身支度をし、消灯して眠りにつくことにした。しかし、夕食をとっていなかった私はお腹が空いて眠れなくなる。

ぐう～きゅるる。というお腹の音が病室に響き渡る。絶対に聞かれたよね？　恥ずかしい……！

そんな私に澄晴さんが「明日、オヤツにでも愛茉と食べてね」と母から渡されたという売店で売っている菓子パンを「寝る前に食べちゃおうか！」と言ってくれて、薄暗い中、二人で食べてしまった。

その後、今度こそ寝ようとしたのだが、沢山寝てしまったせいか眠れない。私は澄晴さんの寝顔を見ながら眠くなるのを待った。

澄晴さんが目覚めるまでの約束だったので、翌日は夕方まで病院に居て帰宅した。理解してはいたが、帰宅するとシン……と静まり返った部屋。一人では広過ぎるリビングと寝室のベッド。

澄晴さんが退院するまでは一人で頑張る。弱音を吐かない。そう自分に言い聞かせて、病院から持って帰ってきた洗濯物を回し始めた。

その後は毎日、澄晴さんに会うために病院に通っている。洗濯した下着などを持ち、なるべく病院まで散歩しながら移動する。

しかし、病院で会えるのも面会時間の僅かな時間だけで、自宅では一人きりで寂しく感じてしまう。特に夜は物悲しく、澄晴さんには実家には泊まらないと言いつつも、たまに実家に泊まったりもしていた。

澄晴さんの洗濯物や植物の世話もあるので、やはり毎日泊まるわけにもいかない。

寂しくても一人で過ごすくせをつけなくては。

『新発売！　手を汚さず食べられるスティックスイーツシリーズ　ブルーベリーチーズケーキ　是非お試しを！』

じいっと見入っているわけではないのだが、寂しさを紛らわすためにつけているテレビからは美味しそうなコンビニスイーツのＣＭが流れてくる。

食べてみたいな。明日、買いに行こうかな？

寂しさのあまり、次第に普段は体重増加しないように我慢していたアイスや味の濃いお菓子などをテレビを見ながら食べるようになっていた。

身体は正直で、そのような生活をしていると毎日のように欲するようになる。食後には必ずといっていいほど、デザートを食べてしまう。それが習慣となり、地獄のルーティンになるという悪循環に陥った。

七、新生活へと移り変わる

「行ってきます」

「ん、……行ってらっしゃい」

　朝七時過ぎ、玄関先で澄晴さんを見送る。澄晴さんは私の唇に触れるだけのキスをしてから出かけるのが習慣になっている。

　一時はどうなるかと冷や冷やしていたが、澄晴さんの傷は順調に回復し仕事にも復帰した。退院してから自宅療養を経ての復帰。その間に身体が鈍るといけないからと言って無理のない程度に筋トレをしていた。

　掃除や赤ちゃんを迎えるための準備を頑張りながら、澄晴さんを見守っていた私。

　しかし、私は澄晴さんが居ない間に体重が五キロ強も急激に増えてしまっていた。つい先日の検診に出かけた際、血圧が急上昇してしまったことを指摘される。

　澄晴さんは仕事の都合がつかず、その日の検診は一人で病院に出かけた。澄晴さんが過度な心配をするといけないので、そのことは黙っている。

「さてと、掃除をしたら買い物がてらの散歩に行かないとね」

大きくなってきたお腹を擦りながら、お腹の赤ちゃんに向かって呟く。赤ちゃんは返事をするかのように足でポコポコとお腹を蹴ってくる。

お風呂の中で裸になった時などには、蹴られた部分が足の形が浮き上がってきているのが見えて面白い。

「いてて……。今のは蹴り過ぎだよ」

たまに元気が良過ぎて痛いような気がする時もある。きっと、元気な男の子が産まれてきてくれることだろう。

元気に産むためには、これから先は体重が増えないように努力しなくてはいけない。甘い物やご飯を食べ過ぎず、適度な運動を心がける。きっと、それだけでも充分に効果があると思う。

私は一通りの掃除と洗濯を済ませた。そうこうしているうちに九時半が過ぎたので、エコバッグを持ち買い物に出かける。

マンションのエレベーターで一階に下り、エントランスを抜けたら外は晴れ晴れとしていた。秋から冬に変わっていく冷たい空気を肌に感じる。

駅前にあるスーパーに行きたいので、バス停まで歩いてバスに乗った。バスに乗り、無事に椅子に座れると安心する。

運動するのも大切なのは分かっているけれど、お腹が重くなってきてるのも確か。

座りながら今晩の夕食のおかずと朝食を考える。メインは魚と肉と交互にメニューに組み込んでいて、今日は魚の日だ。そうだ、ドラッグストアにも寄ってティッシュペーパーも買わないと。

澄晴さんが仕事の間に私は家事を済ませ、余った時間は育児書を読んだりしている。時には澄晴さんと一緒に読むこともあって、二人共に知らないことだらけなので勉強の毎日である。

母にはまだ気が早いと言われたが、離乳食の小分け冷凍メニューなんかも今から考えたりして、とにかく毎日が楽しい。

早く赤ちゃんに会いたいな。会える日が待ち遠しくて堪らない。

夕食の支度まで終わり、澄晴さんが帰るのを待つだけの時間。ノンカフェインのフレーバーティーを飲みながらの家事の休憩タイム。

一緒にショップに行って購入したフルーツティーよりも、カロリーが低いと澄晴さんが教えてくれたので最近はこっちを優先的に飲んでいる。

赤ちゃんが産まれたら飲んでもいいよね？　今はとにかく、カロリーも制限しなきゃいけないので我慢する。今日はピーチティー。ふんわりとした優しい香りに癒やされる。

「ん？　君もいい香りだと思う？　今日も元気でママは嬉しいよ」

お腹をなでなでしながら赤ちゃんに話をかけているとお尻の方が何だか冷たい感じがした。

あれ……？　何これ？

下着が濡れているような感触がして立ち上がる。確認してみると穿いていたスカートも濡れているし、椅子の上に敷いていたふわふわの椅子カバーも濡れている。

お腹が大きくなってくると尿漏れがあるとマタニティ雑誌に書いてあった。もしかしたら、そうなのかな？

私は何の疑いもせずに着替えて、生理用品の夜用を下着にあてた。とりあえずはこれで代用して様子を見よう。

澄晴さんが不自然に思うといけないと思い、六脚あった椅子カバーを全て外して洗濯機に放り込んだ。妊娠による尿漏れだとしても澄晴さんにバレてしまうのは恥ずかしい。

「愛茉、ただいま。ベビーは元気？」

「おかえりなさい、元気過ぎるほど元気だよ。お腹蹴られると痛いし」

「よしよし」

洗濯機を回している間に澄晴さんが帰ってきた。澄晴さんは私の額にチュッとキスを落とし、お腹をなでなでする。

「今、俺の手も蹴った！」

「ね？　元気過ぎるでしょ？」

お腹の中で元気に動き回る赤ちゃんに蹴られたと言って、澄晴さんは大喜びしている。

「澄晴さん、お風呂に入ってきたら？　その間に夕食を並べておきます」

「そうしようかな」

澄晴さんからスーツのジャケットを預かり、クローゼットに消臭と除菌効果のあるスプレーをかけてからしまう。

その後、澄晴さんがお風呂から上がったら一緒に夕食をとり、自分もお風呂に入ってからベッドに入る。尿漏れの件も気になっていたので、お腹が大きくて寝苦しいからという理由で澄晴さんとは別々のベッドで寝た。

「もしかしたら……違う？」

朝起きると背中がヒンヤリと冷たい。尿漏れにしては量が多く、寝ている間にこんなにも濡れているなんておかしいような気がする。

布団をめくると何だか生臭いような異臭がする。澄晴さんと別々のベッドで寝てよかった。

「愛茉」

そんな時、静かにドアを開ける音が部屋に響いた。優しい声で私の名前を呼び、澄晴さんが入ってくる。

お腹が大きくなってからも澄晴さんと寝ていたのだが、昨日は一緒に寝なかったので、きっと心配で訪ねて来てくれたのだろう。

「あ、あのね……。私も分からないんだけど、布団が濡れてて……！」

澄晴さんに見つかってしまった。生臭い匂いも充満しているし、ベッドは濡れて汚れているし、恥ずかしい。

「もしかしたら、破水じゃないのか？　病院に連絡して診察してもらおう。片付けは俺がやるから、愛茉は支度して」

「でも、汚れてるし……臭いし……」

「こんな匂いも汚れも気にならないから俺に任せて。愛茉の身体と赤ちゃんに何かある方が俺は嫌だから」

　澄晴さんに迷惑をかけることを躊躇していると鋭い眼差しで睨まれた。

「シャワー浴びておいで」

「ありがとうございます」

　テキパキとシーツを剥がして片付けをしている澄晴さんに促され、浴室へと向かう。背中までビッショリと濡れていて冷たい。シャワーを浴びて病院に行く支度をしなくてはいけない。

　シャワーを浴びながら考える。三十三週なので、まだ破水なんて考えられなかった。でも嗅いだことのない生臭い匂いは、もしかしたらそうなのかもしれない。

　支度を終えて、いつ産まれてもいいようにと事前に準備していた入院用のボストンバッグとトートバッグをリビングに移動する。

「とりあえず洗濯機に入れたから、後は任せて。職場にも警視総監にも電話したから、一緒に病院行けるよ」

「ありがとう。お仕事、大丈夫なの？」

「愛茉の一大事なんだ。警視総監のお義父様が何とかしてくれるよ」

澄晴さんは私の頭を撫でるとまとめてあったボストンバッグとトートバッグを持ち、私に右手を差し伸べる。

私は澄晴さんの右手を取る前に抱き着いた。

「澄晴さん……、大好き。入院しても浮気しないで待っててね」

「浮気？　するわけないだろ。俺には愛茉だけだよ」

いざ病院に行くとなった時、不安で仕方なくなった。澄晴さんは抱き着いた私の頭を優しく撫でて、軽く抱きしめる。

「愛茉とベビーが元気に帰ってくるのを楽しみに待ってるよ」

「うん……。澄晴さん、しばらくできなくなるから、キスしてもいい？」

「じゃあ、愛茉からして。愛茉が居ない間に一人で頑張るご褒美に……」

「ん、……帰ってきてからも忘れないでね、行ってきますとただいまのキス」

「分かった。ベビーに見られないようにこっそりしなきゃね」

そっと両手を伸ばし澄晴さんの両頬に触れて、そっと唇同士を重ねた。離した後は、澄晴さんがお返しにしてくれた。

もう大丈夫、怖くない。破水だとしたら、そのまま出産にもなりかねない。未知の世界だから想像もつかないけれど、澄晴さんと共に乗り切ろう――

診察時間は九時からだったが、かかりつけの産婦人科医の計らいによってそれよりも前に診察をしてもらえた。

やはり、澄晴さんの言う通りに破水だった。三十三週だから破水ではないなどと決めつけていた私よりも澄晴さんの方が頼もしい。

先生の説明によると、妊娠高血圧症候群（ＨＤＰ）になってしまっていて、いつ産まれてもおかしくない状況だそうだ。

先日の検診では目立った浮腫はなかったのだが、血圧が高いと指摘されており、現在の診察では浮腫も見られ、血圧も高かった。

予定日よりも一ヶ月も早く破水してしまうなんて……。

あの時に寂しさを紛らわすために食欲で満たしてしまったのがいけなかった。今となれば、どうしようもできない引き返せない過去である。

「早産で産まれる可能性が高いです。この病院では早産で産まれた赤ちゃんが入院できる小児科がありませんので、大きな病院に移動しましょう。赤ちゃんに負担がかからないようにお母さんには救急車で病院に向かってもらいます。お父さんは荷物を持って病院に向かって下さい」

先生の説明では早産で産まれた赤ちゃんは、体重も正産期までの週数も足りないために保育器で過ごすことになるらしい。

破水をしてしまっているが、なるべくお腹の中に赤ちゃんがいてほしいので大きな病院では安静にして過ごすことと言われた。

診察室で救急車を待ち、その間に不安にならないようにと看護師さんが色々と話をしてくれて少しだけ気が紛れる。

救急車が到着し、病院の方々にお礼を言って、澄晴さんに荷物を預けてから中に入る。初めて救急車の中に入ったが、テレビドラマで見たままの内装や設備だ。

「お名前言えますか？」

「はい、明城愛茉です」

「座るのが楽なら座ってて下さい。横になっても大丈夫ですが、どうします？」

「座ってます」

その他、生年月日や住所を聞かれ、酸素濃度なども測る。

一通りの書類作成が終わり、大きな病院までの距離は救急隊員の方とお話をしていた。

「明城さんて……珍しい名字ですよね？　以前、一度だけ同じ名字の方に出会いましたが」

救急隊員の方は思い出すように私に呟く。

「もしかして、その方は男性でしたか？」

「そうでした。守秘義務があるのでそれ以上は言えませんが……」

澄晴さんが運ばれた時に対応してくれた救急隊員の方かもしれない。

「……少し前にデパートで殺傷事件があった時に運ばれたのはうちの夫でした。その時の救急隊員の方の処理が素晴らしかったので、大事に至らなかったと聞きました。もしかしたら、その時にお世話になったかもしれません」

救急隊員の方が驚いたように目を丸くする。

「え？　そうだったのですか？　あの時の……」

何かを知っているような感じはしたが守秘義務があって言えないのだろう。

「私達は病院に引渡したら、その後の経過は分からないことが多いです。お元気でお過ごしでしたら私達も嬉しいです」

「はい、元気に過ごしています。ありがとうございました」

私達はお互いに穏やかな気持ちになったみたいに、ふふっと笑い合う。

「無事に元気な赤ちゃんが生まれますように。お元気で！」

「はい、ありがとうございました」

病院に着いて救急車から降りた時にお礼を言い、お辞儀をした。

こんな偶然もあるものだなぁ。

ご縁はどこで繋がっているのか分からないものだ。澄晴さんを助けてくれた方にお礼を言えてよかったと心から思う。

人生は何があるか分からないから、私もまずは乗り切らなくてはならない。

救急車から降りた私は待ち構えていたスタッフに車椅子に乗るように言われ、産婦人科へと移動する。

移動した後、かかりつけの産婦人科医から預かった紹介状を手渡した。

「愛茉！」

後から病院に着いた澄晴さんが、私の元に駆けつける。慌てている様子の澄晴さんは、いつもの冷静沈着な彼ではなくなっていた。

自分の怪我の時は、意識が戻った後も平然としていたのに、私のことになると取り乱してしまう澄晴さんが愛おしい。

「澄晴さん、迷惑かけてごめんなさい」

「迷惑なわけがないだろ！」

待合室の椅子にポスンッと荷物を置き、車椅子に座って診察を待っている私の横に座る澄晴さん。

「……ありがとう」

澄晴さんの顔を見たらほっとした。しかし、先ほどの偶然の件など話したいことが山程あったはずなのに言葉に出せない。

このまま緊急入院になるのだと分かっているのに出産が未知の経験で怖くなってきている。

「愛茉、不安だよな。でも、きっと大丈夫だって信じよう」

そっと私の右手に左手を添える澄晴さん。この先がどうなるのか不安でしかないけれど、澄晴さんがついていてくれるのだから大丈夫。

「明城愛茉さん、診察室へどうぞ」

澄晴さんに癒やされたのかと思えば診察室へ呼ばれた。

「じゃあ、行ってきます」

「うん、ここで待ってるから」

恐る恐る立ち上がり診察室へと向かう。私がしっかりしなくてはいけない。産まれてくる赤ちゃんも頑張っているのだから。

診察が終了し、待合室にて待機していた澄晴さんも呼ばれた。

「以前の病院からも言われたかと思いますが、このまま入院になります。やはり破水していて、早産になりそうなので張り止めの点滴をしましょう。万が一、早産で産まれてしまった場合は保育器で三十八週頃まで過ごすことになります」

先生は聞き逃しのないようにゆっくりと順を追って、説明をしてくれる。私達はそれを息を呑みながら聞いていた。

「小児科と連携しますが、万が一、この病院では対処できない場合は赤ちゃんだけ転院の可能性がありますので心の準備はしておいて下さい。元気に産まれてきますように祈っています」

以前の病院では女医さんだったけれど、今回の先生は男性で澄晴さんと同じくらいの年齢に見える。緊張したが検査の合間合間で気遣いの言葉をくれた。

丁寧で優しい対応に安心できて、戸惑っている心が落ち着いていく。

「では病室の準備ができ次第、お呼びしますので待合室にてお待ち下さいね」

女性の看護士さんに促され、再び待合室へと移動した。

「……転院にならないといいなぁ。まずは早産にならないようにしなきゃね」

「うん、そうだな。俺は赤ちゃんも心配だけど愛茉の身体も心配だ。今までゆっくりできなかった分、ゆっくりするくらいの気持ちで過ごしてよ」

「毎日の日課のお弁当作りもご飯作りも、ガーデニングもできないし……料理もガーデニングも趣味みたいなものだし、何だか拍子抜けしちゃうね」

「愛茉は仕事辞めても働き過ぎなんだよ。少し休みな。赤ちゃんが産まれたらまた忙しくなってしまうんだから」

「うん、そうする。ありがとう、澄晴さん」

他愛もない話をして時を過ごす。十五分くらいが経った後に先ほどの看護士さんに呼ばれて病室に移動する。

車椅子に乗せられ個室の病室に移動してから、複数の書類にサインをし入院の手続きを済ませた。

澄晴さんが持ってきてくれた準備していた入院セットのボストンバッグをソファーに置く。

「明城さん、今後は車椅子での移動になりますね。トイレと洗面所はお部屋の中に完備してあります。売店に行きたい時はナースコールして下さいね。なるべく安静にしてベッド上で過ごすようにして下さい」

「分かりました。よろしくお願いします」

「そうだ！　忘れるところでした！　高血圧と体重増加しているので、三時のオヤツはなしで麦茶などの飲み物だけお持ちします。それから売店ではオヤツ類は購入禁止です。産まれてからは多少のオヤツは構いませんが、甘い物を摂り過ぎると母乳の出具合が悪くなったりしますので気を付けて下さいね。では、張り止めの点滴をしますので再度伺います」

その後、先ほどとは違う年配の女性看護士さんが現れて早産にならないために張り止めの点滴をする。

「オヤツ禁止だって。悲しい……」

「愛茉はオヤツ食べてるイメージないけど、毎日食べてたの？」

「……アイスとかクッキーとか。澄晴さんが入院している間に寂しくて食べ始めたの」

「そうか。じゃあ、今は俺が居るからオヤツはなしだな。産まれたらいいって言ってたから、そしたら愛茉が食べたいオヤツ買ってくるよ」

澄晴さんの愛の鞭と甘さがバランスよく、私に降りかかる。こういうところが好き。寂しいのもあったけれど、妊娠してからやたらとお腹も空く。二つが重なってオヤツを食べるのが日課になっていた。

澄晴さんが売店に飲み物などを買いに行ってくれるというのでお願いした。私は個室から窓の外を眺める。

もうすぐ私もママになる。まだ実感は湧かないけれど、自分の赤ちゃんは物凄く可愛いのだろうな。今日も元気にお腹を蹴っている赤ちゃんが愛おしくてお腹を撫でながら物思いにふける。

翌日の夕方、お腹に異変を感じる。少しだけ痛いような気がして、ナースコールを押した。

昨日の年配の看護士さんが来て、張り止めの点滴の量を増やして強めにする。

その夜、澄晴さんと母が駆けつけてくれたが翌日も仕事だったので、朝方からは母のみが看病をしてくれた。

「愛茉、大丈夫？　だいぶ汗が出てきたね」

母は私の額の汗をハンドタオルで拭ってくれる。出産時に汗が大量に出てくると産まれるまでの時間は僅からしい。

昨晩の痛みはそうでもなかったのだが、朝方に強くなってきた。

先生の朝の診察の結果、「赤ちゃんも危険な状態です。このまま産みましょう」と言われて、張り止めの点滴を外される。

点滴を外された時には既に陣痛の間隔は短くなっており、一気に痛みが訪れた。

用意されていたテニスボールで母に腰やお尻の辺りを押してもらうと、ほんの僅かだが痛みが和らぐ気がした。

私は眠気と痛みに襲われ、交互にやって来る二つの厄介事に疲弊している。眠いのに痛みで起きての繰り返し。

「いた、い……！」

「愛茉、何だか熱っぽいね。汗のせいじゃないみたい」

冷静にナースコールを押す母。すぐに駆けつけてくれた担当の看護士さんが「もしかしたら羊水が濁ってきたのかもしれません。お熱測りましょうね」

熱を測ってもらうと三十八度を超していた。

「このままいくと緊急帝王切開になる可能性もあります。何とかこのまま分娩できるといいですね」

看護士さんが来てくれて十分も経たないうちに一分おきに痛くなり、子宮口も全開に開いたので分娩室へと移動となった。緊急帝王切開にはならずに普通分娩でいけそうとのこと。

分娩室までの道のりが辛い。母と看護士さんに支えられお腹を押さえながら移動する。

「ゆっくりと分娩台に上がって下さいね。今、先生来ますからね」

母は廊下にある椅子に座り待機している。

痛みが辛くてなかなか分娩台に上がることができない。それを見た看護士さんが手伝ってくれて、何とか分娩台に上がった。

その後、赤ちゃんも苦しいかもしれないからと言われて酸素マスクを装着される。

「明城さん、タイミング合わせていきんで下さいねー！　赤ちゃんの頭見えてるからすぐだよ」

「……ふぅ」

痛い、痛い、痛い！

もうどこが痛いのかも分からずに、波に合わせていきむ。

先生が到着して、四、五回いきんだだけで赤ちゃんが産まれた。

先日の十八時半過ぎから陣痛が起きて、翌日の九時過ぎに産まれたので、十五時間くらいは痛みに耐えていたことになる。

願い虚しく早産で産まれてしまう。男の子だった。

私の赤ちゃん。

元気に泣いている。

手も足も小さい。

凄く可愛いなぁ。

早産で産まれてしまい、一瞬だけ胸の上で抱っこをさせてもらった後に小児科の集中治療室に運ばれた。

私も出産後の処置が終わった後に分娩室から担架に乗せられ、回復室に移される。

私はベッドに移された後、看護師さんに血圧を測ってもらうと急激に下がっていたらしい。

あまりの低さに二度ほど、測定されたのだが、変わりはなかったみたいだ。

血圧は上が九十七mmHg、下が五十七mmHg。

眠気が急に襲ってきてすぐに眠りについた。

「目が覚めた？」

「澄晴さん……！」

「立ち会えなくてごめんな。男の子だって聞いたよ。お疲れ様」

「澄晴さんもお疲れ様……」

目が覚めると澄晴さんが傍に居て、汗で髪が乱れている頭を優しく撫でてくれた。

「お母さんは？」

「今日は帰って、明日また来るって」

「そっか」

母は朝の五時前から来てくれていた。澄晴さんも夜通し居てくれたから寝てないだろう。

「澄晴さん、来てくれてありがとう」

「早く愛茉に会いたくて同僚みんなに頭下げてきたし、警視総監にも頼んできたから大丈夫。同僚には随分と『あの冷徹な明城さんが奥さんのことになると豹変する』って冷やかされたけどな」

「あはは、澄晴さんは職場では冷徹なんですね。そんなイメージないけど」

私も早く澄晴さんに会いたかった。なので、目覚めた時に隣に居てくれたのが嬉しくて気持ちが舞い上がる。

血圧も正常値に戻り、回復室から個室に戻れた。朝九時過ぎに産まれたのに現在は夕方。私はだいぶ寝ていたのかもしれない。

「看護士さんの了解が得られれば愛茉の好きなオヤツを明日来る時に買って来てあげるよ」

「マカロンが食べたい。ラズベリーか苺のマカロンがいいなぁ」

「ん、分かった。明日ね」

そう言った澄晴さんにおでこにキスをされて「お疲れ様。俺の子を産んでくれてありがとう」と告げられる。二人で幸せを分かち合う。

しかし、私は赤ちゃんが同部屋ではないことが急に悲しくなり泣き始めた。

「今は元気になろうと必死に頑張っているから、俺達も応援しよう。これから二人で息子を大切に愛情をかけて育てていこう」

「……うん、そうだよね。私もしっかりしなくちゃ」

澄晴さんと話していた時に女性の小児科医が来てくれて、今後の説明があった。

保育器に空きがあったのでこの病院でこのまま看てもらえるとのこと。三十四週で産まれてしまったので赤ちゃんは三十八週になるまでの約一ヶ月間は保育器生活になるとのこと。

説明を受けている時に産婦人科医も訪ねてきた。

「明城さん、体調いかがですか？」

いつものように穏やかな口調で訪ねてくる。

「大丈夫です。ありがとうございました」

「他の方には内緒ですけど、ちなみにこの方は僕の奥さんです」

内緒話をするかのように産婦人科医は小さな声で呟く。聞いた瞬間に私は奥さんである小児科医を見上げた。

「え！　そうなんですね。産婦人科医と小児科医の連携もあり、更には夫婦って素敵ですね」

美男美女でとてもお似合い。幸せな二人に助けていただいたなんて、心がほっこりする。

「籍はね、最近入れたばかりなんだけど」

奥さんが小児科医として同じ病院で働いていることが素敵。

気持ちがほっこりする話を聞いた後、集中治療室に居る赤ちゃんに会いに行った。

赤ちゃんは小さくて、鼻からチューブを通され身体には心電図の線がつけられていた。見た瞬間に痛々しくて泣きそうになったが、赤ちゃんも頑張っているのだからと気持ちを改めてぐっと堪えた。

保育器の中に手を入れて撫でてもいいと言われたので、恐る恐る触ってみる。

手の平をちょんちょんと軽く叩くように触ってみると、ぎゅうっと掴んでくれた。

可愛くて堪らない。

赤ちゃんはまだ退院はできないけれど、ママとしてできることを精一杯するからね。

そんな誓いを立て、面会には時間制限があるために集中治療室を出た。

私は退院後、集中治療室に入院している我が子に搾乳し冷凍した母乳を毎日届けていた。

赤ちゃんの名前は澄晴さんと相談して【湊也《そうや》】と名付けた。澄晴さんの好きな海から連想した名前。

湊は人が集まり目印になるという意味合いを持つ。人の輪の中心になりリーダーシップを発揮してくれる、沢山の人に慕われるなどの願いを込めた。

「そうちゃん、ママがミルク届けてくれたよ。パパも来てくれてよかったねー」

愛想のいい私と同じ年代くらいの看護師さんは、いつもにこにこ笑っていて通う度に元気づけられる。

集中治療室に入るには、入口で手を洗ってアルコール消毒をして、使い捨ての不織布マスクを装着しなければならない。

装着後にチェックが入り、許可が出たら入室できる仕組み。

澄晴さんと時間を合わせて通う時もあり、今日は澄晴さんの仕事の空き時間に一緒に訪れた。

呼吸が上手くできずに口から母乳が飲むことができず、鼻からチューブを通されている我が子。

「そうちゃん、こんにちは」

小さくて可愛らしい我が子に繋がれたチューブを見ては、元気に産んであげられなくてごめんね、と涙ぐむ。

「今日は小児科の先生からもご説明がありますので、面会が終わりましたら場所を移動しますね」

「はい、よろしくお願いします」

湊也の発育や新生児検診についての説明があると言われた。不安に思っていることを感じ取ったのか、澄晴さんは私の手をそっと握ってくれる。

その他にも心臓から雑音が聞こえると伝えられた。詳しい検査の結果、低体重の他に心房中隔欠損症が見つかったらしい。

心臓に僅かな穴が空いているらしく、次第に塞がっていけば手術の可能性は低く自然治癒できるそうだ。

一ヶ月が過ぎて新生児検診も入院中に行われた。その何日か後に、やっと我が子が退院できたので私と澄晴さんは胸を撫で下ろす。

我が子と一緒に暮らせる日々が来たと私達の心は舞い上がった。

湊也は今ではすっかり哺乳瓶から飲めるまでに元気になっている。

自分自身での搾乳では限界があり、湊也が居ない間に次第に母乳は出なくなって粉ミルク生活になった。

母乳を与えられない寂しさはあったが、ミルクを一生懸命に飲む息子が可愛く思える。

澄晴さんも育児に参加し、ミルクあげやオムツ替えも手馴れていくようになった。

「愛茉と湊也、ただいま」

玄関先で声が聞こえたので慌てて向かう。澄晴さんは「ただいま」と言って額にキスを落とす。この習慣は湊也が産まれてからも変わらない。

澄晴さんが二十二時を過ぎて帰宅しても、湊也の目はぱっちりとしていて寝そうもなかった。

「昼夜逆転してるのか、そうちゃんはちっとも寝る気配がないんだよ」

キッチンの水道で手洗いをしている澄晴さんに話しかける。

「湊也はパパのことを待っててくれたんだよな？」

そうこう言っている間に湊也が泣き出した。ヒョイッと簡易式のクーファンから湊也を持ち上げると抱っこしながら、リビングの椅子へと移動した澄晴さん。

「ご飯待ってる間に寝るかな？」

「無理じゃないかな？　昼間はずっと寝てたから」

私は合間を見て先に夕食を済ませてしまったので、澄晴さんの夕食を温め直して準備する。湊也が高確率で夕方はグズグズするので、食事は簡単な物しか作れない。

今日のメニューはポークソテーに付け合わせの千切りキャベツ、具沢山の味噌汁、タコとワカメの三杯酢合えだ。それでも澄晴さんは喜んで食べてくれるから私は幸せだ。

「愛茉、湊也が寝ちゃったよ」

「え？　本当？」

ママの時はあれほど寝ないと意地を張っていたのにパパに代わればすぐに寝てしまうなんて、育児あるあるかもしれない。すやすやと寝ている我が子をそっとベビー布団に寝かせ、澄晴さんは夕食を食べ出す。

「あんなにお目目ぱっちりだったのにな。ちょっと悔しい」

「たまたま寝ただけでしょ？　愛茉はママだから赤ちゃんなりに我儘言ってるだけだと思うよ」

澄晴さんはあっさりとそんなことを言いながら夕食を完食した。

「愛茉も湊也が寝ているうちに寝た方がいいよ。寝不足気味だろ？　皿は洗っておくし、風呂に入ったら俺もすぐに寝るから」

「……うん、ありがと。じゃあ、先に寝るね。おやすみ」

完食後は食器を持ってキッチンまで運んで洗い物までしてくれる澄晴さん。疲れているはずなのに家事や育児も手伝ってくれる素敵な夫。今までも大好きだったが、湊也が産まれてからは更に大好きになった。澄晴さんと結婚できて心底喜びに浸っている。

八、家族との幸せな日々

湊也はもうすぐ二ヶ月になろうとしている。

「愛茉、まだ？」

「もう少しで行くよ」

私は澄晴さんに教えてもらったフルーツティーのシリーズのピーチティーとブラックコーヒーを淹れて、友達からいただいたクッキーを皿に盛り付けテーブルまで運ぶ。

今日は澄晴さんがお休みの日。湊也はベビー布団ですやすや寝ている。その間に澄晴さんと自宅でネット配信されているレンタル映画を見ることにした。

湊也が早く寝た時や澄晴さんのお休みの日のお昼寝時間は、私との時間に充ててくれている。

仕事から帰宅してからの時間も家事や育児を手伝ってくれている澄晴さんだったが、何もすることがない時は私の要望に応えてくれる。

本当に神様みたいな振る舞いの澄晴さんに感謝しても、感謝しきれない。

私がテーブルにピーチティーとコーヒー、クッキーを並べ終わると澄晴さんは私の手を引いた。

「ここに座って」

澄晴さんの両脚の合間に座らされて、すぐ傍に温もりを感じる。澄晴さんは私を背後から抱きしめる形で映画を見ている。

「久しぶりの愛茉の温もり、愛おしい」

首筋にチュッとキスをされて、くすぐったくて身を縮める。

「愛茉と結婚するまでは独り身だったし、赤ちゃんが居る生活も想像できなかったけれど……こんなにも幸せなんだな」

「本当に赤ちゃんって可愛いよね。そうちゃんは自分の子供だから余計に可愛いのかな？」

「愛茉も可愛いよ」

グリグリと頭を撫でられ、セミロングの髪の毛がくしゃくしゃになる。照れ隠しに「もう！　髪の毛が乱れた」と言って手ぐしで髪の毛を手直しする。

あんなに見たかった映画だが、実際に見てみると案外つまらないものだった。

背後から寝息が聞こえたと思えば、澄晴さんはいつの間にか寝ていたらしい。そんな澄晴さんを見ていたら私自身も眠くなってしまい、ゆっくりと目を閉じた。

「ふぇっ……、ふぇっ……」

いつの間にか二人で寝ていて湊也の泣き声で起きる私達。湊也の泣き声にはすぐに反応するため、いくら眠くて身体が辛くても関係ない。

「そうちゃん、起きた……！」

「ははっ、二人で寝てたな」

咄嗟に起きた時に顔を見合わせて笑い、お互いに幸せを噛み締める。

ソファー横のベビー布団で寝ていた湊也はお腹が空いたらしく、抱き上げても泣き止みそうもない。オムツ替えは澄晴さんに任せて私はミルク作りをする。

「そうちゃん、ミルクきたよ」

湊也を抱っこしている澄晴さんに哺乳瓶を預ける。澄晴さんが湊也の口に哺乳瓶を近付けた時に凄い勢いで食い付いてきた。ゴクゴクッと音が聞こえるほどの勢いのいい飲みっぷりに澄晴さんは笑っている。

「よっぽど、お腹が空いてたんだな。あっという間になくなったよ」

「最近のそうちゃんはいつもそんな感じに飲み干しちゃうんだよ。しかも足りないぞって顔してるし」

背中を軽く叩いてゲップを出そうとしている澄晴さんだが、上手く出ないので私が代わる。代わった途端にケフッと小さいゲップが出たので、澄晴さんは感心していた。

「やっぱりママに勝る者は居ないんだな。湊也も俺もママが大好きだもんな」

澄晴さんは湊也の頬をぷにぷにと指でつつきながら、そんなことを急に言ってきたので嬉しいけれど、こそばゆい感覚に陥る。

「愛茉、顔が赤くなってるよ。可愛い」

頭をなでなでされる。新婚当初の冷たさは一体何だったのかと思うほどに今は溺愛されていると実感できた。

「映画中に寝てごめんな。でも愛茉も寝てたからセーフかな？」

「うん、思ったよりつまらなくて、寝ている澄晴さんを見てたら眠くなってしまったの。私が見るって言い出したのにごめんね」

「別にいいよ。それより天気もいいから散歩がてらに買い物行こうか？」

「そうだね。湊也も機嫌がよさそうだし行こうか」

湊也を澄晴さんに預けて、簡単な昼食を準備した。今日はうどんがあったので、ねぎと玉子を入れてかき玉うどん。澄晴さんは物足りなさそうだったので、昆布のおにぎりも追加する。

私達は散歩がてらに外へ出ていく。まだ十四時半過ぎだったので外は充分に明るい。

ベビーカーに乗った湊也はご機嫌で小さいながらも「あー、うー」と声を出していた。まるで私達に何か話しているみたい。

「こんにちは。パパとママとお出かけ？　天気がいいからよかったね」

買い物に行く途中で出会ったのはいつもすれ違う中年の女性。確認はしていないけれど、きっと同じマンションに住む住人だと思われる。

「こんにちは。この子は湊也と言います。湊也も機嫌がよさそうだったのでお散歩に来ました。奥様はどちらにお住まいですか？　我々は明城といいます。すぐそこのマンションに住んでいるんですよ」

「まぁ、奥様だなんて！　イケメンにそう呼ばれたら照れるわねぇ。私もね、同じマンションの岡井《おかい》と申します。休みの日に散歩に行くとちょうど、二人に出会うから楽しみなの」

澄晴さんの問いに朗らかな笑みを浮かべながら、答えてくれた女性。岡井さんというお名前だったのか……。

「これからも、うちの妻と息子をよろしくお願いします」

「こちらこそ、よろしくね。では、また。バイバイ、そうちゃんママとそうちゃん」

私は顔見知り程度でどこに住んでいるのかも気軽に聞けずに遠慮していたのだが、

いとも簡単に聞いてしまう澄晴さん。流石は警察官！　誘導が上手だ。

「何か困りごとがあった時に助けてくれるかもしれないから、多少の人脈は作っておいた方がいいかと思って。それにあの方、弁護士だから頼りになるよ」

「え？　いつ気付いたの？」

「朝晩の時間帯にすれ違う時は弁護士バッチ付けてるからね」

澄晴さんは付け加えるように「仕事柄、人目は常に気にしている」と言った。しかし、今はただの散歩中で仕事ではないのに周りに目配りしているとは恐るべし。

その後も歩きながら色々な人とお話ししていた澄晴さん。お見合いした時には口下手に見えたけれど実際は違うのだ。

「今日の夕食は何がいいですか？」

「いつも帰りが遅くてレンチンになってしまうから、熱々のまま食べたい。子供みたいだけど唐揚げがいい」

「分かりました、唐揚げにしましょ。その他は何かありますか？」

「ポテトサラダ食べたい！　前に愛茉が作ってくれた、じゃがいもをあんまりつぶさないヤツ」

素材の食感を楽しんでもらうために粗めにつぶしただけのポテトサラダ。子供みたいに無邪気にメニュー決めをしている澄晴さんも可愛さがあっていい。

普段から忙しい澄晴さんだから、休みの日くらいはのんびりと過ごしてほしい。

赤ちゃんの成長は早いのでベビーベッドは購入しなかった。ベビー布団に湊也が寝られるまでは昼間はそれで用が足りている。

夜は一緒にベッドに寝ていたため、どうしても湊也が起きてしまうと澄晴さんも起こしてしまうことになる。

夜中に湊也が起きてしまい、そうも言ってられない日もあるけれど、育児書によれば三ヶ月過ぎから次第に長く眠るようになるらしい。そうすればもう少し、澄晴さんはのんびりと過ごせるかもしれない。

確かに湊也の寝ている時間が以前よりは長くなってきている。

「湊也が大きくなったら新婚旅行を兼ねての家族旅行にも行くし、家族が増えることを想定しての引越しもしたいし、やりたいことが沢山あるな」

「引越しかぁ……。夢のマイホームって憧れるなぁ」

「マイホームね。計画年表みたいの作ろうよ、今度」

「う、……うん。そうだね」

澄晴さんは生真面目な性格なのか、計画を立ててから実行するのが好き。

「それから、湊也が大きくなったら海外に新婚旅行も行きたいしな」

「新婚旅行？　こないだ連れて行ってもらったから満足だよ」

「そういうわけにはいかないんだ。二人きりで必ず行こう」

「え？　何？」

「今は内緒」

澄晴さんが不敵な笑みを浮かべたので、私は胸を高鳴らせた。


春先といっても桃の節句が終わったばかりで、夕方になるにつれ肌寒くなる。湊也のぷにぷにほっぺが冷たくなってきたので早めに買い物を済ませて帰宅することにした。

「唐揚げのお肉と片栗粉も一応買いたいな。あ、マカロニも買います。澄晴さんは買う物ありますか？」

「俺は特にない」

スーパーに辿り着き、私は買い物カートを押し、澄晴さんはベビーカーを押して店内を回る。

「愛茉、明日の夜は魚がいい」

魚コーナーの前を通ると澄晴さんが足を止めた。

「いいですよ。何がいいですか？」

「愛茉のオススメでいい」

「んー、じゃあ、鰤の照り焼きか鯖の味噌煮は？」

今は寒鰤か鯖が旬だから、脂の乗った美味しい物がスーパーでも手に入る。

「どちらも捨て難い……」

「分かりました。明日は鰤の照り焼きで水曜日が鯖の味噌煮にしましょうか？」

お魚とお肉はだいたい交代で出しているので、必然的に明後日の火曜日はお肉なのだ。

「よろしくお願いします」

忘れないように後からメモしとかなきゃ。

澄晴さんは喜んで食べてくれるから作りがいがあるし、毎日の食事を楽しみにしてくれることも嬉しい。

「ふぇ」

スーパーで買い物をしている時、湊也がグズり出したので澄晴さんはすかさず抱っこをする。

「湊也が泣いてるから、外のベンチ辺りで待ってるから。会計したらカートのまま来て」

そう言われた私は必要な買い物を急ぎ、レジに並ぶ。日曜日なので、有人レジもセルフレジもこの時間帯は結構並んでいた。

何とか会計を済ませた私は澄晴さんの待っているベンチへと急いだのだが、人だかりができていた。

「可愛いねぇ。将来はパパに似てイケメンになるわ」

「愛嬌があって可愛い子ね」

年配のご夫婦らしきペアとおばあさん達に囲まれている二人。

ちょっとこれは声がかけにくい状況……。

「愛茉！　こっちだよ」

澄晴さんが私に気付いて名前を呼んで手を振る。

「あら、まぁ。奥さんも美人さん！」

「これはますます、将来が楽しみねぇ」

呼ばれて私も近付くと突然として褒められたので照れてしまう。

「では、また。さようなら」

私が来た途端、あっさりと人だかりを躱して湊也をベビーカーに乗せて立ち去ろうとする澄晴さん。私も咄嗟に頭を下げて、その場を去った。

澄晴さんは私が押してきた買い物カートとベビーカーを交換し、自分が手荷物としてエコバッグに入っている商品を両手に持ってくれる。

「ベビーカーのフックに提げますか？」と聞いたが「筋トレになるから持つよ」と断られた。

私は一人で買い物に来る時はベビーカーの押し手部分にフックを吊り下げてあるので、そこにかけている。重さがあるとバランスが上手く取れないので軽めにしているが、今日は明日の分のおかずもまとめ買いしたので結構な重さがあると思う。

帰りのベビーカーの中では湊也は気持ちよさそうに寝てしまった。

「湊也がご婦人方に大人気で大変だった」

大人気なのは湊也だけでなく、澄晴さんもだと思う。澄晴さんも目の保養になるくらい、いい男なのだから。

「親馬鹿だけど、そうちゃんは澄晴さんに似てイケメンだもん。大人気で当たり前なんです」

「……それ言ってて恥ずかしくないの？　俺は聞いてるだけで照れるよ」

澄晴さんは言葉通り照れているみたいで、少しだけ頬が赤く染まっている。澄晴さんをからかってみると楽しいことに気付いたので、稀にからかってみたりした。

雪が降る予報なのか、自宅に帰るまでに身体は冷えてくる。

湊也だけは顔以外は冷えないように、普段着のロンパースの上にお出かけ用のもこもこロンパースを羽織り、その上からブランケットをかけていた。

重ね着過ぎて汗をかいて冷えないように気を付けなくてはいけないが、加減が難しい。

「子供のいる生活っていいな。これからどんどん湊也が大きくなって、一緒にサッカーしたり海に行ったりするのが楽しみだな」

「海辺にあるグランピングとかキャンプも行ってみたいです。お見合いの時はね、アウトドアが苦手って言ったけど……本当はね、嫌いじゃないです。虫もそんなに苦手じゃないからガーデニングも続けていられるし」

あの時は澄晴さんによく見られたくて自分を演じていて、素の自分は隠していた。

今なら何の戸惑いもなく、素の自分をさらけ出すことができる。

「そうなの？　じゃあ、湊也が大きくなったらアウトドアに挑戦してみよう。警視総監も一緒に行くとか言いそうだけどな」

「言いそうですね……」

父もアウトドアが好きなのでついてきそうな気もする。湊也が大きくなり、アウトドアが楽しめる年齢の頃には定年後かもしれないのでついてきそうではなく、絶対に来るはずだ。

澄晴さんと将来の夢を語りながらマンションまでの道程を歩く。

些細な日常の中にある家族の光景だが、私は幸せを噛み締める。家族で過ごすこの時間が私にとってはかけがえのないものだから。これからも大切にしていきたい。

湊也は三ヶ月になり、頬がぷくぷくで可愛さが増している今日この頃。

育児書の通り、三ヶ月が過ぎると断然、お世話がしやすくなった。もうすぐで首も据わりそうだし、低体重で産まれた湊也も体重が標準になりそう。湊也が大きくなっていくのを間近で見ながら毎日、幸せを噛み締めている。

そんな日々の中、澄晴さんから今日は早めに帰れると連絡があった日のことである。

遅い時間の時はレンジで温め直して食事を提供しているのだが、早めに帰宅できる時は温かい料理を提供したいので時間に合わせて揚げ物をしていた。

「……はい、分かりました。ありがとうございます」

澄晴さんの好きなお蕎麦にしようと思い、天ぷらを揚げていると訪ねてきた人物が居たとマンションの受付の方から連絡があった。

「えまー、ただいま。さっき着いたんだ」

玄関を開けた時、急に抱き着かれる。訪ねてきたのは外交官の兄だった。

「え？　実家に向かうんじゃなかったの？」

「結婚式も出れなかったんだから、実家に寄ってから愛茉に会いに来た。結婚おめでとう。それから出産おめでとう」

「ちょ、ちょっと待って！　伊万里《いまり》ちゃんは？」

「伊万里は実家で待ってる。帰ってきて連絡もなしに突然に押しかけたら迷惑だからって言ってた」

伊万里ちゃんの言うことが正解。

「明日、仕事帰りに実家に行くよって言ったじゃない？　なのに何故、今日なの？」

「逆に今日じゃ駄目なのか？　あれ？　旦那様は？」

兄は勝手に玄関先で靴を脱ぎ、上がり込んでくる。

こんな風でも外交官で在外公館勤務をしていて、現在はヨーロッパ諸国のとある国に在中している。

伊万里ちゃんとは兄の同級生でもあり、奥さんでもある。

確かに外交官の仕事は激務で結婚式に合わせては帰国できなかった兄。今回はお祝いを兼ねての帰国休暇を取得することは母から聞いて知っていたが、まさか自宅に先に寄るとは思わず、ただただ驚くばかり。

しかも、私が引越ししてから手紙を出した時の住所を辿って来てしまうとは――

「今日は天ぷら蕎麦か。俺も食べたい」

「勝手に座らないでくれるかな？」

兄の帰国を聞いたので明日の仕事帰りに寄るよ、と事前に言っておいたのに勝手に上がり込んで来る始末。

自分の奥さんを放ったらかしにしておいて、妹の自宅に来るとは我が兄ながら何とも言えない。

「湊也は？」

「寝てるから静かにして」

兄が騒がしくしているのに今日は起きずに寝ている湊也。揚げ物の途中だから、お願いだから起こさないでほしい。

兄は幼い頃からやたらに社交的で、どこに行ってもすぐに人気者になれるタイプだった。その上、授業を聞いているだけでテストの点数がいい天才肌タイプの人間。

父は兄に警察官になってほしかったようだが、兄は全くそんなことは考えてもいなかった。

高校生から付き合っていた伊万里ちゃんが海外を飛び回りたい！という理由からキャビンアテンダントを目指していたが、いつしかその夢も薄れていたらしい。それは伊万里ちゃんが大学受験に失敗してしまったため。

浪人しても希望の大学には入れず、落ち込んでいた伊万里ちゃん。そんな彼女を立ち直らせるために外交官を目指し、共に海外に行こうと誘ったのがきっかけで結婚に踏み切った二人である。

「愛茉の旦那様は警視総監目指してるんだって？　父さん、かなり喜んだんじゃない？」

「そうだね、最初からお父さんが推してる人だったから」

揚げたてのシソの天ぷらを勝手に摘み食いをして、冷蔵庫からビールも取り出している兄。食べるなとは言わないけれど、澄晴さんのお気に入りのシソの天ぷらばかりを食べてほしくない。

「ちょっとお兄ちゃん、シソばかり食べないで！　かき揚げにして」

「シソがカリカリしてて美味しいからつい……」

「もう！　これでも食べて大人しくしてくれる？」

兄には昨日の残りの角煮があったので、それを食べてもらうことにした。喜んで食べてくれているからよかった。

兄がダイニングテーブルで一人飲み会をしている時に澄晴さんが帰宅したので、玄関先に駆け寄る。帰宅した時に玄関先に置いてあった男性用の革靴を見て、澄晴さんは驚いていた。

「ごめんなさい！　お兄ちゃんが押しかけてきてしまって……。澄晴さんは初めましてですよね？」

仕事から疲れて帰ってきたのに兄が押しかけてきただなんて、失礼極まりなくて澄晴さんにとりあえずは謝るしかないと思った。

「お兄さん、帰国したんだね。まずはご挨拶させていただきます」

澄晴さんは特に文句を言うわけでもなく、緊張した面持ちで兄の居るリビングへと向かっていく。

「初めまして、明城澄晴と申します。この度は愛茉さんと入籍させていただきました。不束者ですが夫として精一杯、精進致しますので何卒よろしくお願い致します」

ダイニングテーブルに座り、くつろぎながらビールを飲んでいた兄は慌てて立ち上がる。

「愛茉の兄の和倉優真《ゆうま》です。帰国休暇を取得し、今日の午後に日本に帰国致しました。妹の愛茉は母親譲りで料理上手ではありますが、たまに凶暴化する恐れがありますのでお気を付け……」

「ちょっと、お兄ちゃん！」

兄は澄晴さんに勝手なことを言い始め、私は慌てて止める。私と澄晴さんの間くらいの年代の兄だが、子供の頃から性格が変わらない。いつまでも少年と言うか何と言うか……。

私達のやり取りを見て澄晴さんはクスクスと笑い出した。

「お義兄さんは社交的なので外交に向いてますね。一歩先を読んでそうなところは刑事の交渉事でも通用する部分がありそうです」

「そうでしょ、そうでしょ！　やはり、お互いに国を守る立場の人間として通じるものがありますよね」

澄晴さんもお願いだから、兄の会話に合わせなくていいし共感しなくてもいい。私が兄のことをキッと睨み付けると、澄晴さんに見つかって背中を軽く叩かれる。

そうこうしているうちに湊也が泣き出して、オムツ交換とミルクタイムは二人に任せることにした。

「愛茉は子供の頃から男顔負けなくらいにヤンチャな性格で、見かけは可愛いから男に産まれたらイケメンでモテたのになぁっていつも思ってた。女にしとくの勿体ないと父からも言われてたけれど、大学生から落ち着いたからよかったです」

湊也はミルクまで飲み終えると落ち着いたのか、ご機嫌で兄に抱っこされている。

お酒の入った兄はほろ酔い気分で澄晴さんに勝手なことを話し始めた。ただ単に私を貶しているようにしか思えないのは気のせいではなさそう……。

兄は帰る気がなさそうなのでこっそりと伊万里ちゃんにアプリからメッセージを送信する。送信した後はすぐにメッセージが既読になった。

しばらくして伊万里ちゃんは父が運転する車に同乗し、母と三人で訪れた。

「愛茉ちゃん、お久しぶり！　また一段と綺麗になったね」

「伊万里ちゃんこそ、いつ会っても綺麗です」

玄関先で義理の姉との再会をした私は抱き合ってはしゃぐ。

伊万里ちゃんは兄には勿体ないと思うくらいに天真爛漫の美人で人柄も凄くいい。

高校時代からショートボブの髪型は変わらず、三十歳になった現在でも若々しく綺麗。

澄晴さんと伊万里ちゃんも初対面同士なので挨拶を交わし、両親も交えて会話を始める。

家族が集合した今、明日は実家に行かなくてもいいのでは？　と思ってしまう。勝手に訪ねてきた兄にも会えたし……。

「私達と澄晴さんはさほど歳も変わらないのに、落ち着いて見えますね。優真は外交官なのに仕事外ではこんなんだし、本当に心配になっちゃいますよね……」

「伊万里さん、もっと優真に言ってくれて構わないぞ。アイツはもう少し落ち着くべきだ」

澄晴さんと兄を比べた伊万里ちゃんは両親の前でも平気で意見を述べる。伊万里ちゃんのそんなはっきりとしたところを父は気に入っているので、援護するように囃し立てる。

「いやいや、俺はね、普段はこんなんでも仕事ではビシッと決めますから。そんなところに伊万里は惚れたわけだから、和倉優真、頑張りマース！」

兄は完全に酔っていて、そんなことを言いながら右手を上げていた。澄晴さんは兄の付き合いでビールをグラス一杯飲んだだけなので素面である。

「愛茉ちゃん、澄晴さん、突然にお邪魔してごめんなさい。そして優真が長居しちゃってごめんなさい。明日は和倉家でお待ちしております。そうちゃん、待ってるね」

伊万里ちゃんは呆れ気味で、椅子に座っていた兄を無理矢理に立ち上がらせた。

母も「また明日ね。澄晴さんもお仕事が早く終わりそうなら来てね」と言って、手を振ってから部屋を出ていく。

全員が部屋を出た後に湊也は興奮してしまったのか、一気に泣き出した。沢山の人が来たから疲れちゃったかな？

「そうちゃん、お風呂も入ってないんです。もしかしたらお風呂に入って眠りたいのかもしれませんね」

気付いたら二十三時近くになってしまったが、湊也はお風呂にも入っていないのだ。

「俺、お風呂の準備をしてくるから泣き止んだら入れよう」

湊也は眠いのもあるかもしれないので、何とか泣き止ませてお風呂に入れてもらう。

もう一緒に自宅の湯船に入浴できるので、新生児期よりはお世話が楽になった。

お風呂が大好きなので、澄晴さんと一緒に気持ちよさそうにお風呂に入った湊也。お風呂上がりにミルクをごくごくと飲み干して、ゲップをさせているうちに寝てしまった。

湊也をリビングに敷いてあるベビー布団に寝かせて、私は食事の支度に取りかかる。

「俺が蕎麦を茹でておくから、お風呂に入っておいで」

「でも、明日は澄晴さんはお仕事だから……」

「明日行けば休みなんだから気にしないで。愛茉も疲れてるんだから、食べたら寝よう」

兄の一件で更に疲れただろうに気遣ってくれる澄晴さん。本当に優しくて心がほんわかする。

私が入浴している間に約束通り、澄晴さんはお蕎麦を茹でて、お蕎麦の温かい汁も温め直してくれた。

澄晴さんの協力もあり、入浴後はスムーズに夕食をとることができる。

「澄晴さん、今日はごめんなさい。兄が帰国後に勝手に訪ねて来てしまって……」

お蕎麦を食べながら、澄晴さんに謝る。兄に会えて嬉しい気持ちもあったが、澄晴さんには迷惑をかけたくなかった。

それに急に騒がしくなったせいか、身体がどっと疲れたような気もする。

「愛茉のお兄さんと奥さんに会いたかったから、会えてよかったよ。お兄さんとは今度ゆっくり話がしたいな。いつまで日本に居るのかな？」

「一週間くらいは居ると言ってたような気がします」

「そっか。その間に外交員の仕事内容とかも聞いてみたいし、現地での生活にも興味があるな」

「澄晴さんがそう言ってくれてるのを知ったら兄は喜びますよ」

澄晴さんに嫌われなくてよかったと胸を撫で下ろす。

そういえば親友の稲澤さんは明るいタイプだったけれど、兄も同じ系統な気がする。いつもは落ち着いている澄晴さんだが、明るくて楽しいタイプと気が合うのかもしれない。

夕食後、一緒に片付けを手伝ってくれた澄晴さんはお皿を全部しまった後に呟いた。

「ヤワな男は愛茉のことを理解もできないし、ちゃんと真正面から愛することもできないから、俺くらいにタフじゃなきゃね。愛茉に釣り合わないよ」

背後から抱きしめられて身動きが取れない。きっと兄が言った言葉に対してのフォローなのだろう。

「ふふ、そうですね。これからは湊也も活発になりますから、澄晴さんは二人に振り回されちゃいますね」

「振り回されるのも悪くないよ」

澄晴さんには言わないけれど、私は危険と隣り合わせの職業の警察官の妻として強く生きることを誓う。

澄晴さんが私達を守ってくれているからこそ、幸せの形が崩れることはないから。

私は私のできることで貴方と湊也を守りたい。

「澄晴さん、大好きです」

「俺も愛茉が大好き……」

首筋に顔を埋めてきた澄晴さんは、チュッと唇を触れさせる。

くすぐったいのもあるが、私は変に反応してしまい、「んっ」と詰まるような声を出してしまった。

澄晴さんは何故か、身体を即座に離した。

「もう、寝ようか？」

「……？　はい」

私は不思議に思ったが、もう夜も遅いのでベビー布団に寝ている湊也を抱いて寝室へと移動した。

あれから、澄晴さんはスキンシップを取らなくなった。私は避けられているような気さえ感じる。

ただいま、おかえり、おはよう、おやすみのキスはしてくれるけれど、出産後から未だに軽く唇が触れるだけ。

寂しい気持ちもありつつ、湊也が産まれてから今日で五ヶ月と二日である。

五ヶ月一日目ということで離乳食デビューの日を澄晴さんの休みに合わせた。

朝の十時過ぎ、まずはご機嫌の湊也をテーブル付きのベビーチェアに座らせる。

「え？　俺が湊也に一口目を食べさせていいの？」

「今日は一口だけですが、あげてみて下さい」

五ヶ月目から離乳食が始まるが、一日目と二日目まではお粥をスプーンひと匙。その後は様子を見ながら増やしていくことになる。

澄晴さんは緊張しながらも微笑みながら、プラスチックの湊也専用スプーンを湊也の口に近付けた。

私はスマホを二人に向けて動画を撮影している。

湊也はスプーンが唇に触れた瞬間に口を開けたので、澄晴さんはそっと舌にのせるように押し進めてみた。すると、湊也が美味しくないような不服そうな顔をしながらも、あむあむと口を動かす。

「あ、食べた！」

スプーンを引き抜くと、ひと匙分のお粥をごっくんと飲み込んだようだった。

美味しいのか美味しくないのかは不明だが、湊也はにこにこしながら両手でテーブルを叩いている。

私達は湊也がお粥を初めて食べてくれたことに感激して歓声を上げた。

「そうちゃん、美味しかった？」

「湊也、ちゃんと食べられたな。偉いぞ！」

褒めている間に湊也の顔つきが変わってきて泣き出した。お粥に気を取られて、ミルクをあげてなかったことに気付く。

「ごめんね、そうちゃん。ミルクをすぐに作ってくるね」

湊也はミルクをもらえると思っていたのにもらえずに泣いていた。ベビーチェアから湊也を降ろし、澄晴さんに抱っこをしててもらう。

効率よくできないところがまだまだ新米ママだな、私は……。

哺乳瓶の先を湊也の口に付けると勢いよく吸い付いて、両手で持って飲んでいる。澄晴さんはほんの僅かに哺乳瓶の後ろを支えているだけで、湊也は自分でも飲めるように成長していた。

「一気に飲んだね、そうちゃん。お腹空いてたんだね、ごめんね」

湊也は飲み終わっても、いつまでも哺乳瓶の先を吸っていた。飲み足りないのかもしれないが、一回分はこれだけ。そっと口から哺乳瓶を離す。

もうないのだと自覚した湊也は諦めたのか、ご機嫌が回復しておしゃべりを始めた。あー、うー、としか話せないが、それがまた悶えるくらいに可愛い。

可愛過ぎて撮影し過ぎたスマホの容量はいっぱいいっぱいで、考え物である。動画が容量を圧迫しているのだが、日に日に見せる表情が変化していくので、ついつい撮影してしまう親馬鹿。

湊也を新生児から使えるプレイマットの上に寝かせ、自由に遊ばせる。そんな姿もいいショットがあればスマホを構えて撮影してしまうのは悪い癖だ。

「そうちゃん、寝ましたね。コーヒーでも飲みますか？」

湊也はプレイマットで遊んでいるうちに寝てしまった。昼食にもまだ早いし、という時間なので私達はティータイムをすることにする。

母乳が出なくなった私はカフェイン入りの紅茶を解禁した。ついでにコーヒーも飲めてしまうためにカフェオレも飲んでみたりする。

「そうちゃんは本当に天使で可愛いですよね」

私はダージリンの入ったティーカップを持ちながら、ソファーに隣同士で座っている澄晴さんに話しかける。

「そうだな。……愛茉もね」

至近距離の澄晴さんと目が合ってしまった。優しい笑みを浮かべて私に甘い言葉を囁く澄晴さんを凝視なんてできない。

最近のスキンシップは挨拶のキスだけなので、ついに社交辞令になったかと思っていたから……その目に捉えられたら私の負け。ドキドキするのは苦しい。

私は目を反らしてティーカップをそっとテーブルに置いた。

「愛茉、顔が赤いな……。熱でもあるのか？」

そんなことを言いながら、私の額に右手を当てる澄晴さん。

「な、ないです。あの、ちょっと変なことを聞いてもいいですか？」

「何？」

私は思い切って聞いてみることにした。夫婦なんだからいいよね？

「えっと……。そうちゃんが夜は長く寝るようになったので、そろそろ二人の時間も過ご……、やっぱりいいです」

私はストレートに『そろそろ二人の時間も過ごしませんか？』と聞こうとしたがやめた。

もしかしたら澄晴さんが、そういう行為はしたくないのかもしれないし、言葉に出して聞くのもどうかと思い改まったためだ。

途中まで言いかけてしまったが、恥ずかしいので顔から火が出そうなくらい。

後ろめたくて俯いている私をそっと抱きしめた澄晴さん。思わず、顔を上げて澄晴さんの方向を向く。

「愛茉……、勿論、湊也も大事な家族だけど、二人の時間も大切にしような」

「……はい」

私も背中に腕を回して温もりを確かめる。

「愛茉に確認したいことがある。さっき湊也が夜は長く寝るようになったと前置きがあったけど……あれは……」

「……あれは、えっと……澄晴さんと、その……もっとスキンシップを取りたいです！」

澄晴さんに確認されて、しどろもどろになりながらも答えようとした。恥ずかしいので途中で一気に伝えることにするが、語尾になるにつれて声が大きくなってしまう。

澄晴さんは私の口元で、右手の人差し指を立てて塞いだ。

「愛茉の身体は大丈夫？」

「はい、もう産んでから五ヶ月が経過したので」

「俺、愛茉に触れたくても歯止めが利かなくなるのが嫌で我慢してた。少しでも触れると愛茉の身体を気遣ってやれないくらいに、抱きたくなる衝動に駆られるから」

そうか、それで急にスキンシップを取らなくなったのか。

「愛茉が妊娠中はずっと我慢を重ねた。でも、出産してからは母であり、俺の妻でもあるから……触れたい欲求からは逃れられないんだよな」

「多分……、私もそうです。そうちゃんがすくすく育ってきたら私も澄晴さんに恋している感覚が日に日に蘇りました。今だって……ドキドキしてます」

昼間から大人なムードになってしまった私達。彼が私をそっとソファーに押し倒す。

「愛茉、……夜まで待てない」

澄晴さんは私の唇を奪い、舌が絡み合うキスを何度も何度も繰り返す。

貪り合うような濃厚なキスは今までの隙間時間を埋めるようだ。キスを繰り返しているうちに澄晴さんの手が洋服の中へと伸びていく。

素肌に触られた感触が久々で身体は強ばってしまうが、嫌なわけではない。澄晴さんに触れられると勝手に反応し、身体は潤い始める。

「あうー」

澄晴さんとの触れ合いに夢中になっていると、湊也の声とプレイマットに備え付けられている遊具の動く音が聞こえた。

我に返った私達は苦笑いをして、乱れた洋服を直す。

服は脱いでないし、外からはリビングが見えない構造だとしても……昼間から途中までしてしまった。

「続きは夜ね」

額にチュッとして、澄晴さんは湊也を抱き上げに行く。

澄晴さんは我が子を大切にするよき父であり、その傍らで私のことも愛することを忘れないよき夫である——

エピローグ

一目惚れをした貴方とお見合いをして、結婚したことは間違いではなかった。

素の自分を受け入れてくれた貴方がとても愛おしい。

「湊也、愛海《まなみ》の手を離さないでね」

「うん、分かった。お兄ちゃんだからがんばる」

長男が産まれてから五年が経ち、長女も三歳になった。

長女も湊也と同じく夫が大好きな海に関係する名前にして、私の名前の漢字が一文字入っている。

私は反対したのだが、澄晴さんがどうしても『愛』という漢字を使いたいと譲らずにそうなった。

澄晴さんが夏休み休暇を前倒しで取得できたので、家族での初めてのキャンプである。

「おじいちゃんも手をつながなきゃ、だーめっ！」

アウトドア好きの実父もついてきた。湊也に振り回されっぱなしで自由行動はできずにいたが、それなりに楽しそうだ。

「テントの中は暑いわね。私達はホテルの部屋を予約してよかったわ」

「そうですね、温泉に入ってゆっくりしましょう」

実は私の両親と夫の両親もついてきたのだが、母達は近くのリゾートホテルの部屋を予約してある。アウトドアが苦手な二人は正解かもしれない。

「ママ、パパも手をつないでね。どこか行かないようにしなきゃ駄目だよ」

おじいちゃん二人と遊んでいた湊也がバーベキューの準備をしているところに来て、私達に告げる。

「早くー、つないでー」

いつも言われていることを私達に向かって言っていて、可愛くて微笑ましい。

「分かったよ、湊也。これでいいか？」

澄晴さんは私の手をそっと繋ぐ。澄晴さんと手を繋ぐのは久しぶりかもしれない。

「うん、いいよ。じゃあ、おじいちゃんのとこに行ってるからね」

湊也は私達にそう告げると走って戻っていく。この繋いだ手をどうしていいのか迷い、私は離そうとしたのだが……。

「愛茉、湊也が繋いでって言うんだから繋いだままでいよう」

澄晴さんはそう言って、私の手をギュッと握った。私は微笑みながら頷く。

「今日は両親達に二人を任せて、俺達も久しぶりに二人きりを楽しもう。夜はホテルのバーに飲みに行かないか？」

「ふふっ、計画が上手くいくといいですね。楽しみにしてます」

湊也の言う通り、繋いだ手を離さないように仲睦まじく暮らしたい。

十年後も二十年後もその先も、家族と共に幸せに満ち溢れて暮らせますようにと願う。

【番外編】愛しい人（明城澄晴目線）

うだるような暑さの夏の日の午後、研修期間で交番勤務をしていた俺の元に彼女はやって来た。

「すみません、迷子みたいなんですが……」

パステルグリーンのふんわりとしたブラウスに白のサブリナパンツ、藍色のサンダルを履いていた彼女。

彼女は小さな女の子の手を引いて交番の中に遠慮しがちな感じで入ってくる。

可愛い人だなぁ……と思ったけれど、あの時の感情はそれだけ。

あの日を境に運命の歯車は回り始めて、再会することになる。現在、彼女は俺の奥さんになって、和倉愛茉から明城愛茉になった。

「俺達と遊ばない？」

休日に二人で出かけている最中に仕事の電話がかかってきた。電車から降りて、電話をかけ直している間に愛茉が知らない男達に声をかけられている。男達に囲まれた彼女は壁際に立っていたので、電話を手短に済ませ助けに行くと……。

「わ、私には夫が居ますから！」

「夫？　お姉さん、結婚してるの？」

「してます！　あ、あの人です！」

必死に抵抗している。俺の姿を見つけて、咄嗟に指をさしてきた。男達の背後に立ち、壁に手をつけながら「夫ですけど、何か？」と低い声で圧をかける。男達は振り向いて俺の顔を確認すると、そそくさと逃げて行った。

「遊びに行こうって言われました」

そっと手を伸ばし、震えている手を優しく包み込むように繋ぐ。

「今日は投げ飛ばさなかったの？」

「それは、もう忘れて下さい！」

からかうように聞くと、愛茉は頬を膨らませ怒りながら繋いでいる手に力を入れてきた。

「痛いって！　ごめん、謝るから許して」

愛茉は一見、か弱そうに見えるけれど柔道を習っていたせいなのか、力強い。意外に握力もあるかもしれない。

「許しますけど……今日一日、歩く時は手を繋いでいてもいいですか？」

「あぁ、分かった。気が済むまでどうぞ」

そう言うと愛茉は嬉しそうに微笑み、足取り軽く歩く。生活雑貨のショップが目に留まり、二人で中に入った。

新婚当初は自分の気持ちが愛茉に向いておらず、遠ざけてしまったことを今でも悔やんでいる。結婚前に行ったデートは楽しかったけれど、妹を見るような目で見てしまっていた。愛茉は俺のことをずっと想ってくれていたのに。

「こうやって澄晴さんとデートができて嬉しいんですよ。生活雑貨を一緒に見たりして、新婚さんそのものですよね」

「そうだな。今日は愛茉が気になっていたカフェにも行こうか」

「ふふっ、ありがとうございます」

上機嫌な愛茉が可愛い。新婚当初は俺のせいで、愛茉から笑顔も奪ってしまっていた。愛茉をどんどん知っていくうちに健気に尽くしてくれるタイプだと知り、次第に好きになる。しかし、自分の気持ちに気付いた時には愛茉は暗い表情しか浮かべなくなった。

「ウッドボウルにサラダを入れたら、可愛いですよね」

「可愛い？」

「はい、可愛いです。白いお皿もいいけど、ウッドで揃えるのもオシャレですよね」

お菓子や主にレトルトの食料品からシンプルで使いやすい衣料品、更には家具まで揃う生活雑貨店に来ている。愛茉は食器コーナーを眺めては、手に取って悩んでいた。

女性は時々、何に対しても可愛いと言うが、俺にはその可愛いの意味が分からない。先ほどのは、サラダがいい感じに盛れるからという意味なのか？

「愛茉、グリーンカレー買いたい。あと手作りナン」

「簡単にナンが作れるんですね。今度、お昼にでも食べましょうか？　私は何カレーにしようかな。あんまり辛くないのがいいけど」

愛茉が食器を見ている間に店内を一回りして、買いたい物を物色した。愛茉に声をかけると、一緒にレトルトコーナーについてくる。

結局、食器は買わずに食料品だけを購入して店を出た。愛茉に食器はよかったのかどうかを確認すると、だいたい見たので欲しければネットからも購入できるとのこと。今日は電車で来たので、荷物にならない方がいいと言っていた。


生活雑貨の店で会計を済ませ、再び手を繋ぐ。

「澄晴さん、お腹空きませんか？」

愛茉がスマホで時間を確認すると、いつの間にか午後一時を過ぎていた。

「空いたかも」

「カフェは歩き疲れたら一休みで入ればいいので、澄晴さんの食べたい物にしましょう」

「え？　いいの？」

「はい」

愛茉はいつも俺に気を遣ってくれる。俺は遠慮ばかりをさせないように、自分からも彼女が好きなカフェに行くようにはしているけれど……。

お互いにお互いを思いやりながら、生活を共にしていくことは大切なことである。

「澄晴さん、こうやって手を繋いで歩いてるだけでも幸せです」

愛茉は何気ない所作だけでも幸せだと呟く。

「俺はどちらかと言えば……愛茉が腕の中にいる時が一番幸せ」

「また、そういうことを口に出す……！」

顔が赤くなっていく愛茉を見下ろしながら、愛おしく思う。

過去のトラウマにより、妹みたいな存在として見ようとしていた自分は馬鹿だったと心底反省している。こんなにも健気で、誰よりも俺のことを想ってくれる人は愛茉しか居ないのに。

新しい家族が増えたとしても、愛茉への愛情は変わらないと改めて誓う――

END

あとがき

こんにちは、桜井響華《さくらいきょうか》です。

私にとって、二冊目のマーマレード文庫の書籍になります。この度は、お手に取って下さりありがとうございます。

WEB小説でも挑戦したことのない冷徹な警察官ヒーローと身ごもり設定。そこに離婚も絡めてみたりしました。冷徹からの溺愛の流れは、嫌いじゃないけど難しい。早く幸せにしてあげたい気持ちでいっぱいでした。

二冊目から担当様が変更になりました。

内容的にも色々と苦戦しまして、改稿の際に沢山のアドバイスをいただき、何とか完成まで辿り着きました！　その他、細かい部分もご迷惑をおかけしまして本当に申し訳ないです。担当様には感謝の気持ちでいっぱいです！

ネタバラシを少しだけしますと……。

竹井さんですが、本当は当て馬的な存在で出しました。しかし、少ししか絡めないならやめにしよう……ということで、澄晴の部下、愛茉のお話し相手という設定に落ち着きました。

ちなみに愛茉の兄は、一緒に提出しました外交官プロットがボツになりましたので、何となく出してみました。でも、あんな感じのキャラではメインのヒーローとしては使えない（酷い……）ので、プロットが通っていたとしても別人格になっていたはず。

表紙のお話。

鈴《すず》ノ《の》助《すけ》様のイラストラフを拝見した時から綺麗で感動してましたが、完成イラストはもっと素敵でした！　ブラウン系でシックにまとまっているし、愛茉の幸せそうな表情と澄晴の流し目が本当に好き。鈴ノ助様、ありがとうございました。

マーマレード編集部様を始めとする書籍化に携わって下さった皆様、読者様、沢山の方に感謝しております。

三冊目も出させていただけたら嬉しいです。……とここで言ってみます（笑）

お手に取って下さった皆様に、また幸せな物語をお届けできますように。

桜井響華

マーマレード文庫

離婚を切り出したら冷徹警視正が過保護な旦那様に豹変し、愛しいベビーを授かりました

2023年5月15日　第1刷発行　定価はカバーに表示してあります

著者　桜井響華　©KYOKA SAKURAI 2023
編集　株式会社エースクリエイター
発行人　鈴木幸辰
発行所　株式会社ハーパーコリンズ・ジャパン
東京都千代田区大手町1-5-1
電話　03-6269-2883（営業）
0570-008091（読者サービス係）
印刷・製本　中央精版印刷株式会社

Printed in Japan ©K.K. HarperCollins Japan 2023
ISBN-978-4-596-77347-0

m a r m a l a d e b u n k o